6000人の命を救った一人の外交官の物語

杉原千畝

SUGIHARA CHIUNE

外交官としての志

杉原千畝は、一九三二年に満洲国外交部の特派員として勤務することになった。ここで、日本がソ連（※ソビエト社会主義共和国連邦の略。一九〇五年に今のロシアに作られた国）に持ちかけていた北満鉄道譲渡交渉の実務にたずさわる。

千畝は北満鉄道についての情報収集にはげみ、北満鉄道にはソ連が提示する値段の価値はないことを証明、値下げ交渉を成功に導いた。その働きは大いに評価されたが、千畝は満洲国での職を辞し、帰国することになった。

▶凍てつく夜、ソ連軍が新型車両を運び出そうとしている現場を千畝が押さえる。ソ連は古い車両と線路だけを日本に高値で売りつけようとしていた。

◀当時、満洲国では日本の軍人が幅をきかせており、千畝は自分が満洲国で働くことに疑問を感じ、辞表を提出。

「世界を知れば、日本をもっと良い国に、素晴らしい国にすることができるはずなんだ」

▲ソ連からヴィザが出なかったことを上司の関満一朗から言い渡される千畝。

千畝は外務省に入ってから、ソ連のモスクワで仕事をすることを希望していたが、北満鉄道での情報収集活動が仇となり、ソ連から「ペルソナ・ノン・グラータ（好ましからざる人物）」とされ、入国を拒否される。モスクワに赴任し世界を知ることで、日本をより良くするために働きたいと考えていた千畝にとって、ヴィザが出ないことは大変なショックだった。

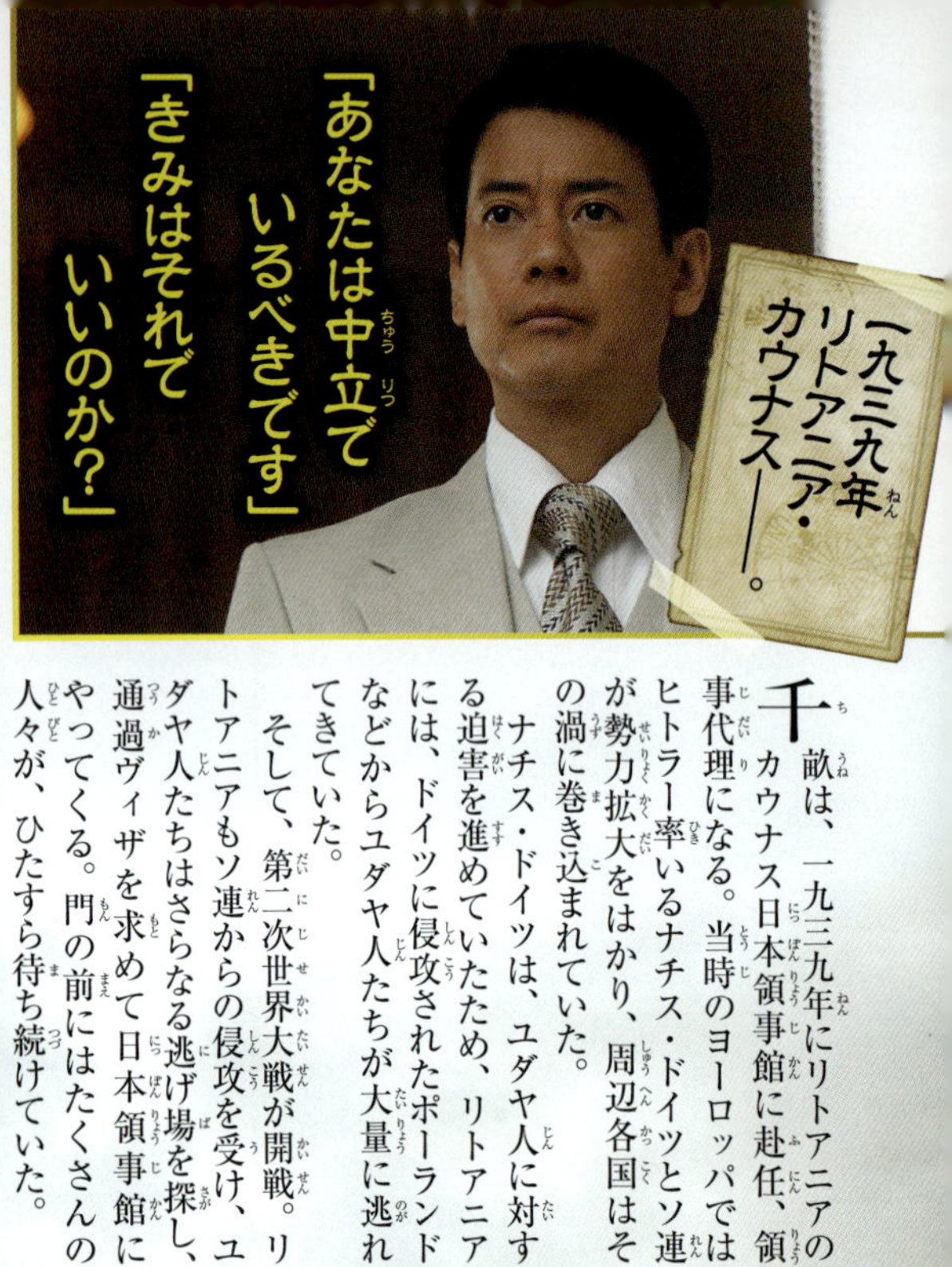

千畝は、一九三九年にリトアニアのカウナス日本領事館に赴任、領事代理になる。当時のヨーロッパではヒトラー率いるナチス・ドイツとソ連が勢力拡大をはかり、周辺各国はその渦に巻き込まれていた。

ナチス・ドイツは、ユダヤ人に対する迫害を進めていたため、リトアニアには、ドイツに侵攻されたポーランドなどからユダヤ人たちが大量に逃れてきていた。

そして、第二次世界大戦が開戦。リトアニアもソ連からの侵攻を受け、ユダヤ人たちはさらなる逃げ場を探し、通過ヴィザを求めて日本領事館にやってくる。門の前にはたくさんの人々が、ひたすら待ち続けていた。

▲駐ドイツ大使・大島浩に、東ヨーロッパを分け合うというドイツとソ連との密約について報告する千畝。

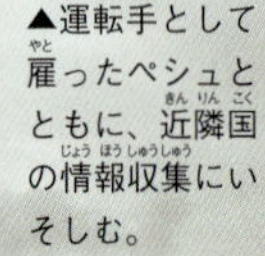

▲運転手として雇ったペシュとともに、近隣国の情報収集にいそしむ。

「私たちは他に行くところがないのです」

外交官として、人としての葛藤

彼らに通過ヴィザを発給するべきなのか？　日本のヴィザ発給にはさまざまの条件があり、門の前の人々がこれらの条件を満たしているとは到底思えない。

しかし、自分がヴィザを発給しない限り、この人々はいずれ殺されてしまう。千畝は激しく葛藤することに。

一九四〇年ヴィザ発給。

そして、人としての決断

「ただいまから、ヴィザの発給を開始いたします」

◀そっと千畝を支え続けた妻の幸子も、千畝のこの決断に涙。

ついに日本領事館も二週間後に閉鎖されることが決定する。そして、千畝は通過ヴィザを発給することを決めた。もちろん、日本政府の許可は得られていない。しかし、門の前の人々を見殺しにすることはできなかった。限られた時間の中で、できることをやる。千畝はカウナスを出る汽車の発車時刻ぎりぎりまで駅でヴィザを発給し続けた。

▲汽車が発車する直前、千畝は秘書のグッジェからヴィザを発給した人々のリストを渡される。

◀千畝のヴィザを手にした人々が、ソ連のウラジオストクの港に押し寄せる。その多さに日本国側はいったん乗船を制限するが、千畝の後輩で駐ウラジオストク領事、根井三郎の力によって乗船できるように。

「これはあくまで
ただのヴィザです。
無事に逃げ切れる
保証はありません。
厳しい道のりとなるでしょう。
ただ、諦めないでください」

▲ヴィザ発給の交渉をしたユダヤ難民の代表ニシェリと、再会を約束。

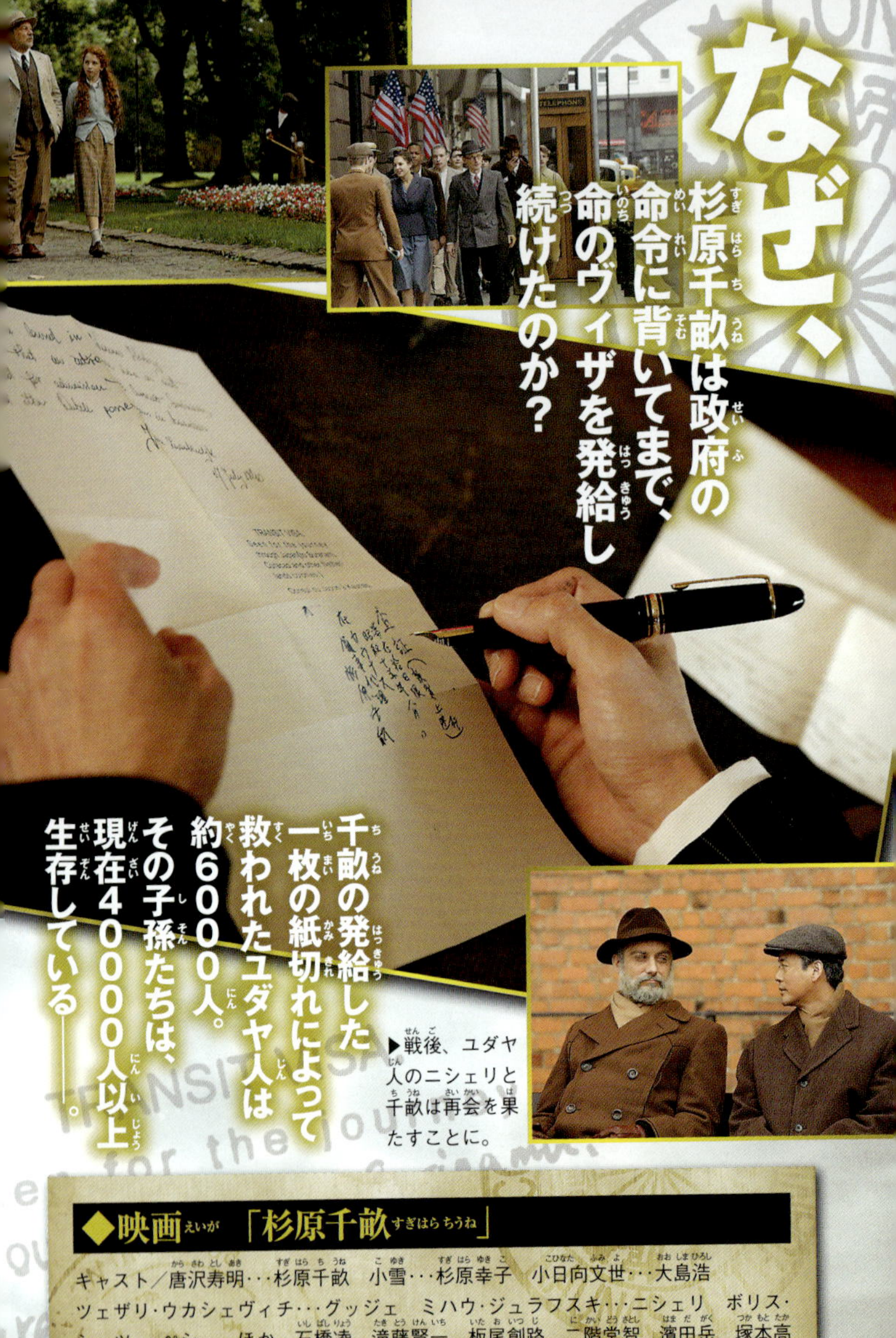

なぜ、杉原千畝は政府の命令に背いてまで、命のヴィザを発給し続けたのか？

千畝の発給した一枚の紙切れによって救われたユダヤ人は約6000人。その子孫たちは、現在40000人以上生存している——。

▶戦後、ユダヤ人のニシェリと千畝は再会を果たすことに。

◆映画「杉原千畝」

キャスト／唐沢寿明…杉原千畝　小雪…杉原幸子　小日向文世…大島浩　ツェザリ・ウカシェヴィチ…グッジェ　ミハウ・ジュラフスキ…ニシェリ　ボリス・シッツ…ペシュ　ほか、石橋凌、滝藤賢一、板尾創路、二階堂智、濱田岳、塚本高史ら豪華キャストが出演。監督／チェリン・グラック

杉原千畝
スギハラチウネ

日笠由紀／著
鎌田哲郎・松尾浩道／脚本

★小学館ジュニア文庫★

プロローグ

一九五五年、終戦から十年が過ぎ、アメリカによる占領も終わって、戦前の活気を取り戻しつつあった東京。霞が関の外務省庁舎では、ある一人のユダヤ人男性が、外務省職員である関満一朗のもとを訪れていた。

「スギハラ…センポ、ですか？　そのような者は我々日本国の外務省に存在しておりません。現在はもちろん、今までもです」

ユダヤ人ニシェリは、関満のその言葉を、はなから信じていなかった。

「何かの間違いでしょう。在籍していないはずがない」

女の事務員がニシェリにお茶を出し、一礼して去ろうとすると、ニシェリは軽く会釈を返し、再び関満に向き直った。

「では、我々の出会ったセンポは誰だったと言うのですか？」

応接テーブルを挟んで向かい合う関満にニシェリが詰め寄ると、

「記録にない者についてはお答えしかねます」

関満は冷たく言い放った。

「彼のことは、世界中の何千という人々が覚えています。それを日本は忘れてしまったと？　なぜ隠すのです？」

「残念ですが、お役に立つことはできません」

関満の顔に、ニシェリへの同情ともとれる色がにじんでいる。

ニシェリは、懐から一枚の紙を取り出した。それは、杉原千畝が発給した手書きのヴィザ（入国許可証）だった。

「私は『必ずもう一度会おう』とセンポと約束したのです。センポがくれたこの紙のおかげで、私は今こうして生きています」

関満がニシェリからヴィザを受け取る。ヴィザに書かれた千畝の筆跡を眺める関満の顔に、一瞬、懐かしげな表情が浮かんだ。

「センポが我々に命をくれたのです。たとえ世界中が忘れても、我々は決して彼のことを忘れません」

ニシェリがなおも言葉を続けるが、

「お引き取りください」

それ以上の長居は無駄とばかりに、関満はニシェリを促した。

「彼を見つけるまではあきらめません」

ニシェリがそう言って部屋を出ていくと、ニシェリを見送っていた関満の目から微笑みが消え、一瞬のうちに厳しい顔つきに変わった。

どうやら、関満がニシェリの人捜しに親身に対応しないのは、何か理由があってのことのようだ。


杉原千畝。

外国人からは「センポ・スギハラ」と覚えられていたこの人物は、一体、どんなことをしたのか？

その謎を解くには、少し時計の針を戻す必要がありそうだ。

時代をさかのぼること二十年。

一九三〇年代末のヨーロッパでは、各国がそれぞれの思惑のもとに、同盟を結んだり、領土を巡って対立したりしていた。

そんな戦争の気配が色濃く漂っていたヨーロッパで、勇敢にも、ナチスドイツとソ連に情報戦を挑む一人の日本人がいた。

それこそが杉原千畝。

これは、祖国日本のために、太平洋戦争を避けようと戦った一人の外交官の物語である。

1.

一九三四年、満洲国の真っ白い雪原を切り裂くように、蒸気機関車『特急あじあ号』が走っていた。中国の大連と満洲国の新京を結ぶこの列車は、豪華な調度の客車と時速一三〇キロメートルにも及ぶ当時最速のスピード、洗練されたサービスで知られ、当時、満洲国民の憧れの的だった。煙突から吐き出される煙が、瞬く間に空に広がってゆく。

『特急あじあ号』は、日露戦争に勝った日本が、一九〇五年に当時のロシアから譲り受けた南満洲鉄道で運行していた列車だ。その二十七年後の一九三二年に満洲国が建国されてからというもの、日本と革命を経てロシアから名を変えたソビエト連邦は、日本がその南側を、ソ連がその北側をという具合に、お互いに満洲国の鉄道を分け合う形で経営していた。

その『あじあ号』の中で、まさに今、食堂車の通路を足早に駆け抜けようとする一人の東洋人の男がいた。ハンチング帽にコートとマフラー。ごくごく目立たない風体のこの男こそが、外交官・杉原千畝。第二次世界大戦時のヨーロッパで、ナチスドイツの迫害を受けるユダヤの人々に〝命のヴィザ〟を発給し続けた人物なのだった。

間もなく千畝は、反対側からやってきたウェイターとすれ違った。すれ違いざまに低い声で何かを呟きながら、ウェイターが手にしたトレイの下に、新聞紙に挟まれたものを素早く差し込む。不意に腹部に衝撃を受けたウェイターは、一瞬「うっ」とうめいたものの、すぐに、

「申し訳ございません、お客様」

と詫びながら、誰からも見られないようにニヤリと笑みを浮かべた。ウェイターに扮しているのはマラット。たった今、雇い主の千畝からソ連の機密情報を無事に受け取ることに成功した、千畝の協力者だ。

まもなく、千畝を追ってきたロシア人の男が通路に現れた。千畝が向かった客車に急ごうとするが、道を譲るふりをして邪魔をするマラットに阻まれて、先に進むことができない。

「どけ」

「申し訳ありません」

千畝がコンパートメント（客室）に入るのを見届けてから、マラットは、ようやく道を開けた。マラットを振り払った男が、苛立たしげに通路を進む。しかし、半開きの扉から客室を覗いても、目にするのは旅の興奮ではしゃぐ子どもと母親の姿だけで、千畝の姿はない。

やがて、扉が妙に厳重に閉じられた客室の前に差し掛かると、男は、その中に千畝がいることを確信した。周囲を見回してから銃を取り出し、一気に客室に踏み込んだ男は、銃を構えた姿勢のまま、客室内の各部屋を覗き、ついにバスルームのドアを開くが…。

「キャーッ！」

服を着替えていたロシア人の女が、胸を服で覆って振り返った。ひるんだ男の背後から千畝が現れ、男の腕を取って押さえ込もうとする。

パン！　パン！

男が撃った銃声が響く中、形勢が逆転した。千畝が、男からヒジ鉄を食らって、あっけなく倒されてしまったのだ。

「残念だったな」

男が銃を構え直して、千畝に照準を定めたそのとき、今度はガチャン！　と何かが割れる音がして、男が床に倒れた。さきほど着替え中だった女が花瓶を男の頭に打ちつけたのだ。

「あなたの方こそ残念だったわね」

床に倒れた男を見下ろしながら、女は「ざまあみろ」とばかりに微笑んだ。

「助かったよ。イリーナ」

緊張の糸が解けないまま硬い表情の千畝が、女に礼を言った。この女、イリーナも、マラットと同じように、千畝の協力者なのだ。

「ソ連のスパイにしてはマヌケね」

イリーナは、気絶している男のことを鼻で笑った。男は、ソ連のスパイなのだ。

「機密は手に入れたの？」

イリーナは重ねて尋ねた。

「ああ、もちろん」

「よかったわ」

手を差し出して千畝を助け起こしたイリーナが、

「センポ」

声をかけ、ワンピースのボタンが外れたままになっている背中を向けた。

「締めてくれる？」

千畝がイリーナのワンピースの後ろのボタンを、手慣れた様子で留める。

「できたよ」

「ありがとう」

千畝の耳元に顔を近付けて、イリーナはそう囁いた。


ハルピンは、満洲国とヨーロッパとの貿易において、重要な役割を負う特別な街だ。西洋の文化の影響を受け、大通りを彩る街並みも、一見、ヨーロッパと区別がつかない。

その通りの一角に、小さなバーが店を構えていた。店内には、軽快なジャズがかかり、控えめな照明が都会的なムードを盛り上げている。

「欧米諸国は、日本が満洲をでっち上げたと信じています。その権益を巡り、ソ連と睨み合っているとと勘繰っているのでしょう」

店の一番奥の一面に地図を広げたテーブルで、千畝が、大日本帝国関東軍少尉の南川欣吾に自分の見解を話していた。この頃、千畝は、ロシア語や諜報の能力を買われて、在ハルピン総領事館から満洲国の外交部に移籍しており、ソ連から北満鉄道を譲り受けるにあたってその交渉に携わっていた。

北満鉄道は、もともとソ連と満洲国が共同経営していたが、千畝が言うように、満洲国はヨーロッパ諸国から承認を受けておらず、ソ連もヨーロッパと同様の態度であったため、そもそも共同経営には無理があった。そこで、「これ以上、共同経営を続けて衝突が起こるのを待つよりは、経営を日本と満洲国だけに一本化した方が良い」という理由から提案されたのが、この北満鉄道譲渡だったのだ。この交渉を日本側に有利に運ぶために、千畝は、ときとして満洲国とは対立することもある関東軍の南川を巻き込むことにした。

「この機密を利用してソ連による不正を明らかにする。それが今夜の目的です」

国防色の制服に身を包んだエリート青年将校と、今夜の作戦について打ち合わせている千畝の言葉を、イリーナもカウンターの中で聞いていた。少し離れたテーブルでは、中国人、朝鮮人が、マラットと空になったグラスを前にカードやタバコを手にしつつ、千畝たちの様子を窺っている。彼らも、マラットやイリーナと同様に、今夜の作戦のために千畝に雇われている協力者たちなのだ。

「素晴らしい作戦ですな、杉原さん。ここまでの情報を入手できるとは」

南川の言い方には、皮肉がたっぷり込められていた。

「まだ準備の段階に過ぎません」

やり過ごす千畝に、

「お噂に違わぬ働きです。あなたほどソ連に精通している方は他にいないでしょう」

南川が畳みかける。酒を運んできたイリーナを見やって、

「こちらの美しい女性のおかげですかな」

嫌みたっぷりにからかう南川に、イリーナはうんざり顔だ。ニヤニヤとイリーナの後ろ姿を見送る南川の挑発を、

「優秀な仲間の一人です」

千畝は素知らぬ顔で受け流した。

「明治維新以降、日本の仮想敵国は常にロシア。ソ連となった今もそれは変わらない。あなたは十九歳で満洲に渡り、ハルピン学院に学び、対ソ連の知識を積み上げてこられた」

「日本のために働きたいと考えただけです」

両腕を胸の前に組み、千畝の経歴を大げさに褒めそやす南川に、酒を飲み干しながら千畝がそっけなく答える。

「あなた方外交官はいつも平和主義だが」

静かに続けていた南川は、やがて、

「男子たるもの戦わねば！」

声を荒らげると、酒を一気に呷り、ガツンと音を立ててグラスをテーブルに叩きつけた。

そんな南川を横目で窺いながら、千畝は冷静に「もう一杯いかがです？」と酒を勧めた。

「満洲鉄道は我々の生命線であります。北満鉄道譲渡交渉であなたの名前は歴史に残る。しかし、あなたなら我々がお手伝いしなくても上手くできるでしょうに」

南川が、探るような目で覗き込む。千畝が、その視線をかわしながら手元にある機密情報のメモに目をやり、

「確実な方法を取っただけです」

とだけ答えて不敵な笑みを浮かべると、南川もようやく根負けした様子で、

「次はいよいよモスクワ栄転ですな。では今夜」

と吐き捨て、店を出ていった。

「いやな奴。あんなのと手を組む気なの？」

カウンターの中に入ったイリーナは、不満げに、水割りを作り始めた。千畝も、テーブル席からカウンターに移り、イリーナと向かい合う。南川が出ていくまで張りつめていた空気が少しだけ緩み、軽快なジャズのメロディーがようやく千畝の耳にも入ってきた。

「組む気なんかない。利用するだけだよ」

「あなたらしいわね」

「すべてはモスクワへ行くためだ」

ロシア語をマスターし、ソ連の内情に通じた千畝にとって、モスクワ赴任は、ようやく実力を発揮できるまたとない機会だった。自信に溢れた千畝を、イリーナは満足げに眺めながら、

「それじゃ、私も利用されただけだったのかしら」

寂しそうに付け加えることも忘れなかった。

「本当に一緒に行く気はないのか？」

仕事のパートナーとしてイリーナをモスクワに連れていこうとした千畝の誘いを、イリーナはすでに一度、断っていた。千畝がこうしてあらためて再びイリーナの気持ちを確認しようとしても、

「私の愛するロシアはこの世から消えたわ。戻ることはできないのよ。あなたはもう一人でも大丈夫よ」

と背を向けるだけだ。なおも「イリーナ」と呼びかける千畝を「いいえ！」と遮り、再び千畝に向き直ったイリーナは、

「ソ連との鉄道譲渡交渉で、あなたはきっと成功を収める。そうなればもう私は必要ないでしょ？　今夜が…最後よ」

溢れそうになる涙を必死でこらえながらそう言うと、グラスの水割りを一口だけ口にして、「そうでしょ？」と続けた。

夜空に下弦の月が浮かぶ。ハルピン操車場では、放射線状に並んだ線路の中心に向かって、先頭にソ連のシンボルである星のマークをつけた車両が、互いに顔を突き合わせていた。線路のところどころには雪が残り、冬の満洲の厳しい寒さを物語っていた。

「センポ、ソ連軍は本当に来ますかね？」

千畝と共に暗闇に潜んでいるマラットが、声を殺して話しかけてくる。

「必ず来る。ソ連は新型車両を盗み出して鉄くずだけ日本に売りつけるつもりだ」

千畝には確信があった。なぜなら、ソ連が、新型車両や貨車といった価値の高い資産を次々に持ち出し、残りの老朽化した鉄道施設だけを日本に高く買わせようとしていることを、とうに突き止めていたからだ。

「だけど、関東軍なんて信用できるんですか？」

「決して戦闘にはならんだろう。南川が欲しいのは証拠だけだ」

操車場の外では、千畝が雇った中国人が、寒さに震えながら見張りを続けていた。

ちょうどその頃、当の新型車両には、車庫の裏口から忍び込んだロシア人機関士が、燃料係の手引きで乗り込んだところだった。二人は汽車を運び出そうと焦っている。千畝が手に入れた機密情報からわかっていた通り、新型車両を盗んで日本を裏切ろうとしているのだ。

やがて、汽車が動き出したのを確認した中国人が、千畝たちに合図を送る。汽車は轟音と共に線路を進んでいた。

「予定通りですね」

マラットの言葉に頷く千畝。その言葉の通り、汽車が進む先に、別の汽車が現れた。

「何だあれは？　危ない！　止まれ！」

燃料係が叫び、汽車を急停車させる。千畝とマラットが駆けつけ、機関士と燃料係に銃を突き付けて汽車から降ろした。ところが、千畝たちが二人を連行しているそのとき、

「そこまでだ！」

今度は、ソ連の将校が左右に兵士を携えて現れた。

「邪魔をしてもらっては困りますな、杉原さん」

ソ連兵たちが威嚇射撃しながら、千畝たちを横一列に並ばせる。

「銃を下ろせ。早くしろ！」

銃を突き付けられて脅されると、さすがの千畝たちも指示に従わざるを得ない。中国人と朝鮮人が銃を地面に置くと、機関士と燃料係が「助かった」とばかりにソ連兵のもとに駆け寄る。両手を上げて「降参」の体勢を取らされている千畝が、同じく両手を掲げたマラットと「そろそろだよな？」とばかりに素早く視線を交わした。

「この機関車は我が国に移送する車両だ。あきらめなさい」

ソ連の将校が勝ち誇ったかのように宣言したそのときだった。

あたり一面が強い光で照らされ、

「そこまでだ！」

今度は日本語が響き渡った。計画通り、関東軍の南川が千畝たちの応援に来たのだ。

「手を上げろー！」「手を上げろー！」

怒号が飛び交う。今度はソ連側が手を上げる番だ。

「そんな…バカな」

計画が事前に日本にバレていたことがまだ信じられない将校に、

「未だ譲渡交渉の途中にある列車を盗み出そうとするとは、断じて見過ごすことはできません な」

南川が高らかに言い渡す。

「間に合ったみたいね」

いつの間にか千畝の傍らに歩み寄っていたイリーナが、息をついた。しかし、南川がカメラを奪って突き飛ばすと、その場の空気が一変した。

「これ以上の証拠は不必要でしょ」と言って、証拠写真を撮ろうとする朝鮮人から予定外の事態に怯え始めた中国人と朝鮮人を、仲間のマラットが「大丈夫…大丈夫だ」と静かに励ましている。

そして次の瞬間、まさにその予定外のことが起きた。南川が関東軍の兵士たちに片手を上げて合図を送り、ソ連兵たちを銃撃しようとしたのだ。

「待て！」

バンバンバンバンバン！

千畝の制止もむなしく、銃声と共にソ連兵たちが次々に凍てついた地面に崩れ落ちた。

イリーナは恐怖に目を見開いている。

「なぜ？」

怒りに震える千畝の怒鳴り声が静かに響く。

「『なぜ』？　彼らはロシア人です。下手に言い訳されない方が交渉のためでしょう」

平然と言い抜けようとする南川に、

「抵抗しなければ誰も殺しはしないと約束したはずです！」

千畝が声を荒らげると、

「ああ、そうでした」

南川はあくまでも白々しく認めるふりをしながら、倒れたソ連将校の腰から拳銃を抜き、
バン！　バン！

千畝の雇った中国人と朝鮮人をためらうことなく撃った。

「ウーッ！」

唸り声を上げて咄嗟に銃を構えたマラットまでもが続けて南川に撃たれ、

「マラット！」

千畝とイリーナの口から悲痛な叫びが漏れる。

「これで彼らが抵抗したことになりました」

恐ろしいことに、南川は、ソ連兵が関東軍に抵抗してマラットたちを殺したことにしようとしているのだ。そして、ただそれだけのために、千畝の大事な仲間たちが殺されてしまった。南川が、初めから自分を裏切るつもりだったとわかり、千畝は思わず南川につかみかかった。しかし、現役の軍人に敵うわけがなく、あっけなく倒されてしまう。

「どうしたのですか？　杉原さん。あなたらしくもない。スパイの代わりなどいくらでもいるでしょう」

意味ありげに千畝を見下ろしながら、南川は重ねて、

「杉原さん、私も確実な方法を取っただけです」

数時間前にバーで千畝が言ったのと同じ言葉を、皮肉を込めて返すのだった。

関東軍の軍人に地面に押さえつけられ、悔しさに顔をゆがませながら南川を睨みつける千畝の耳に、イリーナのすすり泣く声が聞こえてきた。

「全隊、前へ進め！」

関東軍が去り、残された千畝は、フラフラと立ち上がって、周りを見回した。マラット、

中国人と朝鮮人…千畝に協力してくれた仲間は、皆、殺されてしまった。マラットに取りすがるイリーナが、悲しげに千畝を見つめて、こう言った。

「人殺し」

やがて、新京満洲国外交部で、ある会議が開かれた。満洲国外交部次長の大橋忠一をはじめとする満洲国や関東軍の幹部が円卓を囲み、千畝一人が、末席で起立したまま大橋の話を聞いている。

「北満洲鉄道譲渡交渉。ソ連から一億四千万円まで譲歩しても良いと連絡があった。関東軍が手に入れた証拠が役に立ったようだ。杉原、お前の手柄だ」

ソ連との交渉が満洲国にとって有利に運んだのは、千畝が、ハルピン操車場でソ連による不正の現場を押さえ、弱味を握ったおかげだった。しかし、その功績を褒め称える大橋の満足げな様子をよそに、千畝の唇は終始、硬く結ばれたままだった。なぜなら、まさに今、千畝は、その大橋に辞表を提出したところだったからだ。

千畝の提出した辞表を目の前に掲げた大橋が、

「理由を聞こうか」

その真意を確かめようとする。

「私がこの満洲国のために働いてきたのは、それが日本を良くすることになると信じていたからです」

「その通りだ」

「今の満洲国は、関東軍のための満洲国となっています。私は、関東軍のために働くつもりはありません」

千畝は、円卓の周りをぐるりと回りながら大橋に近付いた。大橋の隣にいる関東軍の幹部は、むっつりと不機嫌な表情を隠しもしない。そんな様子を、千畝は気にも留めずに、さらに大橋の傍らに回り込むと、あらためて「お受け取りください」と再び辞意を伝えた。

「わかった。日本に戻るがいい」

千畝の決意が揺るがないことを悟った大橋の厳しい眼差しが、かすかに緩んだ。大橋は、有能な部下としてかわいがっていた千畝の意思を尊重することに決めたのだ。

こうして千畝はいったん、日本に帰任することとなった。一九三五年のことだった。

ハルピンから帰国した千畝は、東京にある外務省の一室で、聞き慣れない言葉を耳にすることとなった。

「ペルソナ・ノン・グラータ？」

「『好ましからざる者』として、ソ連は杉原千畝の入国ヴィザの発給を拒否してきました」

千畝の問いに答えたのは、外務省官僚の関満一朗。戦後、外務省を訪ねてきたユダヤ人ニシェリに、「杉原千畝などという人物は外務省に存在しない」と言い切った張本人だ。

しかし実際は、こうして千畝と直接、面識があったということになる。

「私は、モスクワ日本大使館の二等通訳官に任命されたはずです！」

ヴィザが発給されないことに納得できない千畝は、関満に向き直って抗議した。

「北満鉄道の件でしょう。君は派手にやり過ぎたのです」

むしろ千畝を窘めるような口調で関満が切り捨てた。

「では、モスクワへの赴任は…」

「他の者に頼むことにします。君には他の任地を考えておきましょう」

取り付く島もない関満の対応に戸惑い、やがて肩を落とした千畝は、上着と鞄を手にそそくさと退庁しようとする関満の姿を、呆然と見送るしかなかった。

千畝が関満から絶望的な事実を告げられているそのとき、外務省庁舎の外では、千畝の親友である菊池静男が、街灯にもたれて、まだ明るい夕刻の光のもとで、新聞を読んでいた。「杉原ロシア科長の功績」「値下げ交渉成功」…新聞には、派手な見出しが大々的に掲げられていて、千畝の北満鉄道譲渡交渉での活躍を手放しで称賛していた。

「よう、有名人」

庁舎から出てきた千畝の姿を認めた菊池が、からかう。

「おお、悪い、菊池。待たせたか？」

「いや、今来たところだ。それよりこれ！」

菊池が、千畝の功績を華々しく伝える新聞を見せると、千畝は「ああ」と短く笑った。

「あのロシアに一泡吹かせるとは、やりやがったな」

痛快そうに笑いながら菊池は千畝の肩に手を回す。気のおけない友人の懐かしい軽口を聞いて、千畝は固く強張っていた気持ちがあっという間にほぐれるのを感じるのだった。

居酒屋では、仕事帰りの背広姿、和服姿の男たちが、賑やかに酒を酌み交わしていた。その間を、給仕の女たちが、忙しく行き交う。千畝も、襟元のネクタイを緩めてすっかりくつろいだ様子で、菊池を相手に事の次第を語っていた。少々、呂律が怪しいのは、相当、酔っ払っているためだ。

「ソ連は共産主義という謎のヴェールに包まれている。俺は日本のためにもその真実の姿を見極めてやろうと思ったんだ。だからどんなことをしてもモスクワへ行きたかった……」

無念さをにじませ、伏し目がちになった千畝を、菊池は相手にはせずに、

「そうかそうか。満洲でもフラれたんだな？」

昔からそうしていたように、冗談交じりにからかった。

「どうして……」

なおも愚痴を続けようとする千畝には一切構わずに、

「ねえ、お姉さん！　こいつかわいそうなんだよ！　これから、ロシア人形としか遊べな

いの」
菊池は女給を呼び止めて自分の横に座らせた。千畝が両手で自分の頬を叩きながら自問する間も、女給の手を握って「ちょっと…慰めてやってくれるかな？　オ・レ・を」と菊池がふざけていると、そのとき、

ドン！

「どうしてこんなことになった！」

両手でテーブルを叩いて立ち上がり、千畝が大声で怒鳴った。店内は、それまでの喧噪が嘘のように静まり返る。立ち尽くす千畝を、遠巻きに眺めている客も少なくなかった。

菊池に手を握られていた女給が慌てて下がったところで、千畝はようやく我に返り、「はあ――――っ」と深くため息を吐いて再び椅子に腰を下ろした。周りの客も、再びそれぞれの会話に戻り、店内も、またガヤガヤとした賑やかさを取り戻した。

「『人のお世話にならぬよう、人のお世話をするよう、そして報いを求めぬよう』…。俺の母校、ハルピン学院の自治三訣だ」

自分に言い聞かせるように、千畝は目を閉じて出身校のモットーである「自治三訣」の

暗誦を始めた。

「知ってるわけないよな。俺だって忘れていたんだから」

そうして照れ臭そうに笑いを漏らし、店のラジオから流れる流行歌に耳を傾けながら、目の前に掲げた盃の酒を一気に飲み干すのだった。


「うぅ…あぁ…」

夜道に、千畝のうめき声が低く響く。すっかり酔っ払った千畝が、菊池の肩を借りてやっとのことで歩いているのだ。

「よーし、着いたぞ」

菊池が、板塀に囲まれた一軒家に千畝を伴う。表札には「菊池」。千畝は今晩、菊池の家に泊めてもらうことになったのだ。


「菊池。起きてるか？　俺は今でもモスクワへ行きたいと思っている」

寝間着を借りた千畝が、床に入って、隣の部屋にいる菊池に話しかけている。千畝の背広はきちんと長押にかけられ、枕元には湯呑みと灯りが用意されていて、至れり尽くせりだ。すっかり酔いの醒めた千畝だったが、まだ寝付けないのか、両手を頭の下に組んで枕にしながら話し続けた。

「俺は、岐阜の山奥から出てきて早稲田に入った。すぐに学費が続かなくなって、官費で入れるハルピン学院を見つけ、必死に勉強したよ」

千畝は、懐かしそうにその頃の一生懸命な自分の姿を思い返していた。

「やっとの想いで入学してからも、ロシア語を身につけるために辞書を何冊も食った。それでやっとモスクワへ行く機会を手に入れたんだ」

ふすまの向こうにいるであろう菊池に向かって、千畝は、自分がこれまでに血のにじむような努力をしてきたことを、しみじみ振り返った。

「そんなチャンスを逃すわけにいかないだろう？　たとえ何があっても……」

隣の部屋の菊池からは何の反応も返ってこないが、千畝は構わずに続けた。

「モスクワへ行けば、世界を知ることができる。世界を知れば、日本をもっと良い国に、素晴らしい国にすることができるはずなんだ」

ガバッと上半身だけ布団から起き上がり、今度はふすまに向き直って問いかける。

「なあ。お前は世界を変えたいと思ったことがあるか？」

「……………」

やはり返事はない。千畝は、ふふ…と笑って、

「俺は常に思ってる」

と言葉を継いだ。それでも菊池の声は聞こえてこない。さすがに業を煮やした千畝が、

「何か言えよ！」

立ち上がってふすまを両手で一気に開けると、そこに菊池はいなかった。代わりに、千畝の目に飛び込んできたのは、寝間着に着替えようとしている若い女の白い肩と、驚きに見開かれた目だった。

その女は、息を呑む千畝のもとにつかつかと歩み寄ったかと思うと、ピシッ！　と千畝の頬を打ち、バンッ！　と音を立ててふすまを閉めたのだった。

翌朝。菊池家の前を、出勤途中の若い男女が通り過ぎる。格子戸から、背広姿の千畝と

菊池が出てきた。

「じゃあな」

「おう、またいつでも来い！」

千畝を見送る菊池の声を、

「おはようございます！　行ってきます！」

溌剌とした女性の声がかき消した。菊池と千畝に続いて家から出てきたのは、ピンクのジャケットを着こなしたモダンな服装の女。いかにも職業婦人といった風情のその若い女性は、前の晩、千畝にビンタを見舞ったその当人だった。

「杉原、妹のユキコだ」

その顔を見て、千畝の脳裏に、一瞬、昨晩の幸子の白い肌が甦った。慌てて胸ポケットから名刺を取り出すと、千畝は、片手で幸子に差し出した。ボブカットの髪を指で耳にかけながら、両手で名刺を受け取る幸子に、

「杉原さんだ。外務省にお勤めなんだぞ」

菊池が紹介する。

「杉原です。昨晩は大変失礼しま…」

千畝が言い終わらないうちに、

「やだ、もうこんな時間！　ごめんなさい。失礼します」

腕時計に目をやり、幸子は急いで立ち去ろうとした。昨晩のビンタが、さすがにきまり悪かったのかもしれない。しかし、ふと足を止めると、もう一度、名刺に視線を戻して、

「また来てくださいね。杉原…チウネさん」

一言、そう言い添えてから、駆け足で勤め先へと向かった。

その後ろ姿を見送りながらクスッと笑みを漏らす千畝に、「どうした？」と菊池が尋ねる。

「いや…。初めてだ。俺の名前を正しく読んでもらったのは」

初対面の相手には読みにくい千畝の名前を一発で言い当てた幸子の知性に、千畝は感心していた。日本人でさえ読めないからこそ、外国人には「センポ」と呼ばせていたのだ。

「え？」と問い返す菊池に、千畝はもう答えず、再び愛おしげな眼差しで幸子が消えていった方向を見つめていた。

「では、そのヴィザがないとソ連へは行けないのですね？　たった一枚の紙なのに…」

季節が春の終わりを告げる頃、ワンピースの襟元に真珠のネックレスをあしらった幸子が、一メートルほど後ろから千畝について歩いている。日比谷公園の池を囲む遊歩道は、若いカップルにとって格好のデートコースだ。柳の緑と八重桜のピンクが水面に映っている。

「…ということは、まだしばらく日本にはいらっしゃれるんですね？」

モスクワ行きが叶わなくなった千畝の無念を察して抑えてはいたものの、もうしばらく千畝のそばにいられることに気づくと、幸子は思わず声を弾ませた。千畝は、親友・菊池の妹である幸子といつしかデートをする仲になっていたのだ。

季節が巡り、二人が歩いていた池の端に建つ茶屋が、「氷」の幟を掲げている。池の水面が、初夏の眩しい日差しを照らし返している。

「ロシア語だけじゃなくて、ドイツ語もフランス語も話せるんですか？」

茶屋の店先でかき氷ができるのを待つ千畝を覗き込むようにして、幸子がはしゃいでいる。まとめ髪を帽子に収め、パフスリーブの白いブラウスにタイトスカートという活動的な服装が、幸子の若々しさを一層際立たせていた。

「すごい！　じゃあ世界中どこに行ってもやっていけるではないですか！」

褒めちぎる幸子に、千畝もまんざらでもない様子だ。でき上がったかき氷を受け取ると、千畝は茶屋の前の縁台に先に腰かけた。やがて幸子がそのすぐ隣にツツ…と座布団を移動させていったん座り、わざわざもう一度座り直してさらに距離を縮めると、千畝は幸子の大胆さに思わずかき氷を崩す手を止めた。そんな千畝の様子に、

「うふふ」

幸子はたまらず照れ笑いを浮かべ、「いただきます」とかき氷を食べ始めるのだった。

さらに季節が巡り、紅葉が池の水面を赤や黄に染める秋の夕暮れ、二人は同じ茶屋の縁台に、心持ち距離を開けて並んで座っていた。

「では来年には」

縁台に置かれた千畝の手に、幸子が自分の手を重ねる。

「日本を出ていってしまうのですね」

帽子の広いつばの陰から、寂しげな眼差しで幸子が見上げると、千畝は何も言わずにその手を取り、幸子を伴って夕闇の遊歩道をゆっくりと歩き出した。


一九三六年、千畝は幸子と結婚した。

そして日比谷公園に再び春が巡ってきた。

「赴任先はどこですかね？」

再び柳と八重桜に彩られた池の周りを、千畝と幸子が歩いている。大きな襟のついた薄手のワンピースに身を包んだ幸子は、これまでにない晴れやかな顔で千畝と腕を組んでいた。千畝もいよいよ赴任が決まったことにほっとしたのか、終始、満足げな笑みを浮かべている。しかし、まだ赴任地は決定していなかった。

「やっぱりヨーロッパ？　いや、でもアジアの国も行ってみたいわ。どんな服を持っていけばいいのかしら！」

一層、千畝に体を寄せて、スキップせんばかりに浮き立つ心を隠さない幸子だった。

一九三七年。いよいよ千畝の赴任先が決まった。

「杉原」

外務省の所属部署で執務中の千畝に、上司である関満が声をかけた。その手には千畝に出た辞令がある。

「君には、リトアニアに行ってもらおうと思います。まずはフィンランドで情勢を把握し、首都カウナスにおける領事館設立の準備を進めてください」

「リトアニア？」

千畝が怪訝な顔で聞き返すと、関満はなおもこう続けた。

「現在、ソ連はヨーロッパに手を伸ばそうとしています。リトアニアはヨーロッパ情勢を知るうえではうってつけの場所です」

関満の、黒縁眼鏡の奥の瞳に光が宿る。

「杉原、君の手で新たなネットワークを作り、ソ連の情報を集めてください」

確かにリトアニアは、東側のソ連、北側の北欧諸国、西側のヨーロッパ諸国に囲まれていて、ソ連とヨーロッパ両方の情報を入手しやすい絶好のポジションに位置している。自分をリトアニアに派遣しようとする外務省の意図を理解した千畝は、あらためて関満の目を見返して「わかりました」と短く答えた。

2.

一九三七年、千畝一家はまずフィンランドに渡り、ヘルシンキでの二年間の勤務を終えた一九三九年に、リトアニアへと移った。

千畝が赴任した当時のリトアニアは、ロシア革命の影響を受けて独立を果たし、内陸部の中央に位置するカウナスに首都を構えていた。

そのカウナスの住宅街の一角に、千畝は在カウナス日本領事館を開いた。領事館は千畝の自宅も兼ねているので、それは同時に、杉原家の引っ越しでもあった。杉原家の長男・弘樹と次男・千暁が、前庭に置かれたスーツケースを奪い合うようにして館に運び込んでいる。外では、千畝が金づちと釘で門に看板を打ち付けていた。

「大日本帝国領事館」

えんじ色のスーツを身にまとった幸子も隣に並んで看板を眺め、「なかなかいいじゃない？」とばかりに千畝に寄り添う。引っ越しの荷物を下ろし終えた車が去り、看板を眺める千畝と幸子だけが残された。いよいよリトアニアでの生活が始まるのだ。

ほどなくして、門扉に掲げた「現地採用職員募集中」の求人広告を見た一人の若い男が、領事館にやってきた。ブロンドの髪をきっちりと分け、細身の体をスーツに包んだその男は、秘書に案内され、やや緊張した面持ちで部屋に入ってきた。

男から渡された履歴書を開き、千畝はまず、男の名前を確認した。

「ヴォルフガング・グッジェさん」

男が頷くと、

「すると…あなたはドイツ系ですか？」

千畝はそう続けた。「ヴォルフガング」というドイツ語の名を持つということは、先祖にドイツ人がいることを意味するからだ。

「そうですが。何か問題が？」

その男グッジェは、一層、表情を強張らせて千畝に問い返した。

「ただ、聞いただけです」

と微笑む千畝に、

「両親はドイツ系ですが、私はリトアニア生まれです」

グッジェは一切、表情を緩めないままそう付け加えた。一瞬、グッジェの目を正面から見据えた千畝は、再び唇に笑みを浮かべて、手元の書類に目を戻した。

こうしてグッジェは現地職員として採用となったのだった。


領事館の扉が開いて、帽子を手にした背広姿の千畝が出てきた。幸子が「どちらへ？」と尋ねると、千畝は「ちょっと散歩してくる」と答えた。

「お一人で？　気をつけてくださいね。知らない街なんですから」

「知らないといけないんだ」

千畝は、カウナスでの仕事の第一歩として、まずは街を歩いてみようとしているのだ。

「心配いらないよ」

「ええ。いってらっしゃい」

幸子は笑顔で千畝を見送り、千畝も帽子を高く掲げて応えた。だが、千畝の姿が視界から消えると、その幸子の笑顔が一転して不安に曇る。領事館の前には、一台の黒い自動車が停まり、サイドミラーには、見知らぬ男の横顔が映っていた。

千畝が初めて目にしたカウナスの街は、活気に溢れていた。石畳の道を、自動車や馬車、リヤカーが音を立てて走り、帽子にトレンチコートといった出で立ちの紳士や、仕立ての良いスーツを着こなした女性が、夕暮れの光の中を歩いている。

千畝は、車や幌付きの馬車が行き交う合間を縫って通りを横切り、野菜や肉を売る屋台が立ち並ぶ市場を抜けて、一軒のバーに入ってみた。

店内にいたのは、現地の男ばかりだった。東洋人の千畝は相当目立つのか、誰もが遠慮のない視線を千畝に投げかける。店の奥のカウンターまで進んだ千畝は、コート掛けに帽子をかけると、エプロンをつけたバーテンダーに英語で、

「この店のお勧めをください」

と頼んだ。バーテンダーが「なんだって？」という風に尋ね返すので、英語では通じな

いかと、今度はフランス語で「お勧めを」と言ってみる。

「誰かわかるか？」

バーテンが、千畝ではなく他の客に助けを求めているのを見て、ロシア語で「お勧めを」

と言い直すと、

「ロシア語かよ！」

バーテンダーはペッと小さく唾を吐き、鼻をすすった。どうやら、ここではソ連はよほど嫌われているらしい。

そのとき、奥にいた別の客がリトアニア語で、

「ミード酒を」

と注文した。ようやくバーテンダーが「ああ」と答えて、酒の用意を始める。

「なんですか？」

千畝がその客に尋ねると、

「ミード酒。私のお勧めです」

その客は流暢な英語で答え、グラスを二つ出すようにバーテンダーに言った。この男が、千畝に酒をご馳走してくれるということらしい。

ミード酒は、リトアニアや隣のポーランドでよく飲まれている蜂蜜酒だ。千畝を同じテーブルに座らせた男は、ミード酒がなみなみと注がれたショットグラスを目の前に掲げ、

「スギハラ領事」

千畝の名を呼び、一気に酒を飲み干した。アルコール度数が高いのか、飲み慣れている様子のその男でも、喉をぐうと鳴らしながら飲むほどきつい酒のようだ。

それにしても、なぜ千畝の名前を知っているのか。どうやら男は、千畝の身元を知っていて、何かしらの狙いがあって近付いてきたようだと、千畝は警戒した。

案の定、男は早速、

「私と取引をしませんか？　あなたの欲しいものを手に入れますから」

そう切り出して、すでに一杯飲み終えた千畝のグラスに新たに酒を注ぎ、こう続けた。

「そしてあなたは、私の欲しいものを用意できる」

やはり狙いがあったのだ。千畝が思わず苦笑して「私の欲しいもの？」と尋ねると、

「そうです。いつかお持ちしますよ。ではまた近いうちに」

いたずらっぽい笑みを浮かべたかと思うと、伝票を手に素早く席を立ち、バーテンダーのいるカウンターに札を叩きつけるようにして、支払いを済ませた。

「リトアニアにようこそ」

捨て台詞のように小さく呟いて店を出る男を座ったまま見送り、千畝は、グラスに残った酒を飲もうとしてやめた。ミード酒は、それほどまでにクセが強く、千畝の口には合わない酒だった。深くため息をついて、千畝は考え込んだ。

果たしてあの男を、信用していいものだろうか…？


その日、在カウナス・アメリカ公使館では、各国からリトアニアに赴任している外交官たちを招いた親善パーティーが開かれていた。円形のホールでは、タキシードで正装したジャズバンドが軽快なダンス音楽を奏でている。色とりどりに着飾った各国大使夫人たちの中でも、和服で彩られた幸子の姿はひときわ美しく、夫人たちはめったに目にすること

のない艶やかな幸子の着物に興味津々だ。

招待客たちのおしゃべりでざわめく中、ホストであるアメリカ大使は、イギリス大使、フランス大使と並んで、グラスの酒を時折口に運びつつ、ホールから続きの間へと移動しながら談笑していた。

「ドイツがポーランドに侵攻して、ヒトラーはますます調子に乗るでしょうな」

アメリカ大使が水を向けると、

「イギリスはフランスと共に、ドイツに対して宣戦布告するつもりです」

イギリス大使が、フランスとの協調をアピールした。

「今回の事態を受けて、アメリカはどう動くつもりですか？」

フランス大使が尋ねると、

「今のところはあくまでも中立です。しかし、ソ連とドイツが手を組んでしまった以上、我々も考えねばなりません」

アメリカ大使も、近いうちに何らかの動きがあることを匂わせた。

そのとき、給仕からグラスの酒を受け取った千畝が、続きの間へと入ってきた。千畝と

目が合った三人の大使たちは、千畝からの会釈に応えると、再び会話へと戻り、

「確かに。ドイツとソ連が不可侵条約を結ぶなんて、誰も予想できませんでしたからね」

イギリス大使が、ドイツとソ連が手を組むという想定外の事態から受けた驚きを隠せずにいた。


グラスを手にした千畝は、さらに奥の部屋へと入っていく。その部屋では、イギリスのラジオのニュースが大音量で流れていた。

「政府からのお知らせです。本日九月三日、イギリス政府はドイツ政府に対し、駐独特命全権大使を通じて、ポーランドへの攻撃を停止し、速やかに撤退するよう要求しました」

ラジオの前に、鼻からあごにかけてヒゲを蓄えた男が佇んでいる。千畝は、男と向かい合うようにして、じっとラジオの音声に聞き入った。

「さらに、納得できる対応が見られなかった場合、イギリスはポーランド同盟国としての責務を果たす行動に躊躇なく踏み切ることも明言しました。以上、お知らせを終わり…」

ニュースが終わる前に、男がラジオのスイッチを切った。千畝は、給仕から、酒の入っ

たグラスを二つ受け取り、そのうちの一つを男に差し出して、「どうぞ」と勧めた。

「どうも。ところであなたは？」

グラスを受け取った男が、千畝に自己紹介を促した。

「日本領事代理の杉原です」

「そうですか、はじめまして。私は、ヤン・ズヴァルテンディク。オランダ領事を務めております」

男は、在リトアニア・オランダ領事だった。およそ外交官らしからぬ風貌なので、「オランダ領事？」と意外そうに尋ねた千畝に、

「ええ、肩書きだけのね。本業はフィリップス社のリトアニア支社長です。領事は、まあ頼まれてやっているだけですよ」

ヤンはそう答えて、

「あなたはなぜリトアニアにいらっしゃったんですか？」

今度は逆に千畝に尋ね返すのだった。

ちょうどそのとき、ホールにドイツの武官がゆっくりと入ってきた。軍服に身を包み、黒い手袋をはめた右手を軽く上げて、付き従えていた部下を下がらせると、武官はずかずかとジャズバンドの前へと進む。その威圧感に、ジャズバンドのメンバーも、思わず演奏をやめてしまうほどだ。音楽が止んだことで、招待客たちも何事かと一斉に武官に注目し、千畝とヤンも、少し離れたところから、事のなりゆきを見守った。

そんな中、ソ連大使が、

「一緒に飲みませんか？　大佐」

と武官を誘った。

「おお、ソ連大使」

武官が誘いに応じる様子を離れて見ていたフランス大使が、「おやおや、噂をすれば……ですな」と、まさに今、話題に上っていた二国の代表が揃ったことを皮肉った。

「いかがですか？　ポーランドは」

注目されていることを承知で、ソ連大使は、ドイツが侵攻したポーランドの住み心地を武官に尋ねる。

「穏やかなところです。そちらはいつ遊びに来られるご予定ですか？」

「約束通りに今月中には」

「そうですか。楽しみにお待ちしております」

ドイツの武官が応じると、二人は「乾杯」とグラスを合わせた。


そのとき、固唾を呑んでこの意味深なやりとりを見守っていた招待客の間から、千畝がすっと歩み出た。つかつかと一直線にソ連大使とドイツの武官に向かって進み始めると、アメリカ大使がすぐに後を追い、他の大使たちも続く。

近付く千畝に、武官が、不審そうな視線を注いだ。

「大佐、ご紹介します。こちらは杉原領事。日本からリトアニアに着任されたばかりです」

アメリカ大使が割って入っても、武官は無遠慮に千畝を上から下までじろじろと眺め回し続けるだけだ。

「スギハラ、センポ・スギハラです」

千畝が堂々とした態度で右手を差し出すと、武官はようやくグラスをソ連大使に預けて、握手に応じた。

「ああ、あなたが噂の杉原さんですか」

ソ連大使が、思わせぶりな口ぶりで割り込んできた。ハルピンで千畝がソ連の不正を暴いたことを知っているのだろう。ソ連の挑発はある程度想定できただけに、千畝は「ついに来たな」とばかりに身構え、

「はじめまして」

白々しいほどの余裕を見せた。

「あなたのような方にお会いできるとは光栄です」

言葉とは裏腹の鋭い眼光で千畝を睨みつけるソ連大使。大使夫人たちも、まるで火花を散らすような二人のやりとりを、息を吞んで見つめている。さすがの幸子も無関心を装うわけにはいかず、ちらっと夫に目をやった。

当の千畝は、ソ連大使の射るような視線を受けても、一瞬たりともたじろぐことなく、

「こちらこそ」

挑戦的な態度で受け答えると、ドイツの大佐に向き直って「では、いずれ」と告げ、その場を離れた。アメリカ大使も「失礼」と周囲の大使たちに断って千畝に続いていく。

千畝たちが立ち去ると、ソ連大使は武官に近付いて、

「彼には注意してください」

と耳打ちした。

「すると…彼か？」

武官も、ハルピンでの一件をすでに聞いていたようだ。

「ええ、彼こそが『ペルソナ・ノン・グラータ』。好ましからざる人物です」

息詰まるソ連大使との対面を終えた千畝は、涼しい顔をしてグラスを傾けていた。

その日、在カウナス日本領事館に、あるもの、が届いた。

「領事、表にお届け物です」

「私に？」

グッジェに促されて外に出ると、領事館の向かいに新品の黒い車が停まっていた。その傍らに、いつかバーで千畝にミード酒をふるまった、あの得体のしれない男が、右手を腰に当て、ポーズをつけて立っている。

「なるほど。私が車を欲しがっていると思ったか」

千畝が言うと、男は、

「いいえ。ハズレです」

とクイズのように答えた。

「では、何だと思うのだ？」

「あなたが欲しいのは、情報と…私です」

――『私』の部分に力を込めて、男はそう返した。

「私があなたの手足になり、情報を集めてきます」

男は両手を広げて、自分を品定めさせるかのように千畝に近付きながら、「どうです？雇ってくれるでしょ？」と付け加える。

「自信満々だな。どうやって断ったらいいのかわからない」

千畝は、そう苦笑してみせた。

「私、役に立ちますよ」と、男はさらに畳みかけるように売り込み、

「あなたなら…私が何者かわかるでしょう？」

今度は『あなた』を強調して千畝に推理を促した。

千畝は、領事館の門から一歩踏み出すと、ゆっくりと進みながら、

「そうだな。君が何者か…ね。ヨーロッパで日本の友好国といえばドイツだが…」

ドイツ系のグッジェが千畝を見る。

「ドイツ人がこうまでして私のもとで働くメリットはない。となると…親日国のポーランドかな？」

男が下を向く。図星なのだ。

「体つきから見て…君は元軍人じゃないのか？」

男は、たまらず吹き出した。面白いように千畝の推理が当たるので、笑うしかないのだ。

「結論としては、ポーランド政府から送り込まれた有能なスパイというところかな？」

たくみに論点をずらして冗談ぽくまとめた千畝に合わせて、男も、

「正解！　よくわかりましたね」

一瞬、ふざけた後、ふと真面目な顔になった。

「私たちポーランド人は、シベリアでの日本への恩を忘れていません」

一九二〇年代、ロシア革命直後の混乱の中、日本はシベリアにいたポーランド人孤児を救出した。男は、その日本の支援に対する感謝を口にしたのだった。

遠い目をして、男は、なおも続ける。

「ドイツとソ連によって分割され、祖国は消え去ってしまいました」

軽妙な会話から一転、深刻な話を始めた男に、千畝も関心を抱き始めていた。

「亡命するしかなかった私たちは、助けを必要としています」

「だが、そのドイツと日本は協定を結んでいる。そんな日本の外交官である私が、君と手を組むとでも？」

千畝は、本気で男に尋ねていた。

「ええ、賭けてもいいですよ」

男の顔は、確信に満ちている。千畝も、男のただならぬ気迫を感じて、

「根拠は何だ？」

と問いかけた。男はすばやく周囲を見回し、後ろにいるグッジェに聞こえないように、

「私たちには、ヨーロッパ各国にまたがるネットワークがあります。そこで得た情報を提供しましょう。それと引き換えに、日本のネットワークを使って、わが亡命政府と連絡を取らせてもらえませんか？」

そして一層、声をひそめたかと思うと、こう付け加えた。

「それに加えて、ときおりで構いませんから、私たち組織の重要人物にヴィザを発給していただきたい」

どうやら、これがこの男の一番の狙いらしい。男の真意を理解した千畝は、グッジェの手前、「それだけでいいのか」と驚いて見せた。男がこんなに重大なことを頼んできていると、悟られないためだ。

「難しい話なのはわかっています。返事は今すぐでなくても…」

「残念だが」

男に最後まで言わせずに、千畝は話を打ち切り、領事館へと戻っていく。決死の覚悟で

臨んだ作戦が失敗して男がガックリと肩を落としていると、領事館へと戻りかけていた千畝がふと立ち止まり、振り返ってこう言った。

「あいにくだが、運転手の枠しか残っていないんでね」

千畝は、再び男に背中を向け、ニヤリと笑みを浮かべて館へと戻っていった。これが千畝流の『採用通知』なのだ。男は、思わずハハハと笑い、「作戦成功！」とばかりに満足げに両手を広げた。

こうして、まんまと領事付きの運転手になったポーランド人ペシュは、その日も自分が千畝に贈った車の運転席に収まっていた。幸子と子どもたちが手を振って見送る中、車は、ユダヤ人貿易商ガノールのもとへと向かっていた。

ガノールは、カウナスで順調に業績を伸ばしている貿易会社ガノール社の社長だ。恰幅の良い体に毛皮のコートをまとう姿は、いかにもビジネスに成功している裕福な紳士に見える。通りの一角に位置するガノール社の倉庫は、レンガ造りで相当の規模があり、それだけでも手広く商売をしていることがわかった。

「我が社は、小麦やチーズを中心にソ連へ輸出しています。最近はソ連からの注文も増え、評判も上々ですよ」

ガノールが、当たり障りのない説明を千畝に聞かせる。

「ソ連軍から？　それとも、ソ連の特定の部隊との取引、という意味ですか？」

千畝が突っ込むと、

「申し訳ない。詳しいことはお話しできないんです」

ガノールは苦笑して質問をかわした。商売の秘密だけに、そう簡単には教えてくれないようだ。

そんな千畝とガノールの様子を、物陰から、じっと見ている少年がいた。二人がそばを通り過ぎると、そろりそろりと千畝の背後から近づいていく。

「わっ！」

少年が後ろから二人をおどかした。千畝とガノールが驚いて振り返ると、少年は逃げようとして、うっかり転んでしまった。

「ソリー、ダメじゃないか」

少年はガノールの息子ソリーだった。自分の息子と変わらない年頃のソリーのかわいいいたずらに、思わず笑顔になった千畝は、右手を差し出してソリーを助け起こそうとした。

「大丈夫かい？」

地面に座り込んだソリーの視界いっぱいに、優しく覗き込む千畝の笑顔が広がっている。

「ありがとう」

礼を言って千畝の手を握り、ソリーが立ち上がった。

「まったくもう」

ガノールが小言交じりに、ソリーの服についた埃を払ってやると、

「大丈夫だよ」

ソリーがうるさがっている。よくある父子のやりとりだ。やり手で隙のない貿易商ガノールも、息子の前では一人の優しい父親なのだ。

立ち上がったソリーが、千畝の持つ手紙の束にふと目を留めた。

「ねえ、それどこの切手？」

ソリーが聞くと、ガノールは「ソリー、失礼だろ！」とたしなめた。千畝は「構いませんよ」と取り成して、

「よかったら、あげるよ」

ソリーに微笑みかけた。

「いいの？　ありがとう！」

ソリーの瞳が輝く。

「センポ、そんな…」と遠慮するガノールに、「遠慮することはありませんよ」と断って、千畝は封筒の切手の部分だけを手でちぎり取り、ソリーに渡した。

「どうぞ」

「ありがとう！」

ガノールは、まんまと切手を手に入れて満足げなソリーの頭をなでながら、「中へどうぞ」と千畝をオフィスに招き入れた。

「よろしかったら、流通ルートのリストを拝見したいのですが」

千畝が、ごくさりげなくさっきの質問を切り出すと、

「構いませんよ。お話しできないこともあるかもしれませんが」

ガノールはさっきとは打って変わった大らかな調子で快く応じた。どうやらソリーに優しく接したことで、固かったガードが緩んだらしい。


リトアニアの西岸、バルト海に面したクライペダ港は、北欧と東西ヨーロッパを結ぶ重要な拠点だ。その港の岸壁を、ペシュが運転する車が走っていた。岸壁に沿った一直線のその道が、金網に通せんぼされて行き止まりになっているところで、ペシュは車を停める。

千畝とペシュが車を降りると、金網には、

「侵入禁止」

とドイツ語で書かれ、ドイツ海軍のトレードマークである鷲の絵も添えられた札が下げられていた。

「なるほど。こういうことか」

そう言って振り返った千畝に、ペシュが近づく。その目に、沖に停泊しているドイツ海軍の軍艦が、金網越しに映っていた。クライペダ港を含む海岸線一帯は、今や東プロイセンの領土となっているのだ。

「ドイツ海軍め、ふざけやがって！」

たまりかねて札を殴るペシュに、千畝がハッとして目をやると、「すみません」と素直に詫びてから、ペシュは続けた。

「あの港が、ソ連がリトアニアを狙う理由の一つです」

胸ポケットから取り出した地図を広げ、ペシュはリトアニアの位置を指さした。

「一年中凍ることなく使える港はソ連には金より貴重だからな」

ペシュから地図を受け取り、じっくりと眺めながら千畝が応じた。冬になると、ソ連のほとんどの港は、凍って使えなくなってしまう。ソ連にとって、不凍港は喉から手が出るほど欲しい重要な設備なのだ。

「ソ連はポーランドの半分を占領しましたが、せっかく手に入れたリトアニアの旧首都ヴィリニュスを、自らリトアニアに返還すると申し出たそうです」

ペシュの言葉を聞きながら、千畝は、手元の地図を裏返すと、万年筆で線を書き加え、斜線を引いて色分けを始めた。

「何か裏があるな」

「そりゃそうでしょう。ソ連が自分たちの利益にならないことをするはずがありません」

そのとき、地図の色分けをしていた千畝が、何かに気づき、「ペシュ、これを見てくれ」と呼びかけた。「どうしました？」と地図を覗き込むペシュにわかるように、リトアニアとポーランドの国境あたりから一気に縦線を描き込み、その右半分にシュッシュッと横線を引いて塗り分ける。

「ヨーロッパを真っ二つにして分け合うつもりなんだ」

それが、不可侵条約を結んだドイツとソ連の真の目的だったのだ。

その日、千畝はドイツの首都ベルリンにある日本大使館に呼ばれていた。

「君が仲間を無駄死にさせたうえにソ連からも睨まれた馬鹿者か」

駐ドイツ大使の大島浩の、第一声がそれだった。日本の新聞では大喝采だった千畝の活躍も、外務省の中には良く思わない者がいたらしい。視線を窓の外に向けたまま千畝に罵声を浴びせた後、大島は初めて千畝の方に向き直って、

「大島だ」

と名乗った。

深々と礼をする千畝に、畳みかけるように、

「ソ連の状況を報告したまえ」

と命じる。

「ポーランド侵攻を終え、次はフィンランドへ狙いを定めています。不可侵条約を結んだドイツとソ連の本当の狙いは、東ヨーロッパを分け合うことでしょう」

報告する千畝に、薄ら笑いを浮かべて大島が近づく。

「密約に気づいたか。ただの馬鹿ではないようだな」

大島もまた、独ソの真の狙いに気づいていたのだ。部屋の中を歩きながら大島は続けた。

「私は今、ドイツ、イタリアとの三国同盟を締結するために各国に働きかけておる」

「やはり日本はドイツと同盟を結ぶ気ですか？」

「当然だ」

即座に大島はそう返し、

「植民地となった多くのアジア諸国の解放こそが、東亜のリーダーたる我が国の責務だ。三国同盟が締結されれば、アメリカやイギリスも迂闊に日本に手は出せん」

次第に熱を帯び、確信に満ちた口調で断言した。

「確かに連合軍との戦争は避けなければなりません。しかし」

言いよどみながらも、千畝は続けた。

「ドイツがいつまでも勝ち続けるとは……」

「ヒトラー総統率いるドイツは無敵である！」

突然、ひときわ高い声を大島は張り上げた。壁に飾られているヒトラーの写真を見上げるその目が、ギラギラと輝きと狂気を放ち始める。

「ドイツと手を組めば、日本の将来は保証されたも同然だ」

迷いなく言い切ったかと思うと、

「唯一の懸念であるソ連の情報を収集したまえ。働き次第では、ここベルリンへの転任も考えてやる」

ソ連の話題に触れるときだけ少し表情を曇らせ、後は元の自信たっぷりの口調で続けた。

「……はい」

千畝の答えはそれだけだった。密約に気づきながらも、ドイツと同盟を結ぼうとしている日本のこれからを思うと、千畝の心は、暗澹たる思いに沈むばかりだった。


ポーッ。

蒸気機関車が汽笛を鳴らした。ポーランドのバラナヴィーチ駅では、今まさに、リトアニア行きの列車が出発するところだった。大きな荷物を持った人々が列車に乗り込んでいる。祖国を追われたポーランドの人々が、リトアニアに逃げようとしているのだ。

「お客様に申し上げます。マラジェチナ経由カウナス行きの列車はまもなく四番ホームより発車いたします。お急ぎご乗車ください」

発車のアナウンスが繰り返されるホームで、荷物の積み込みを手伝いながら、

「全員乗れるスペースはありますから、落ち着いて！」

と乗客たちを誘導する男がいた。

頭に、ユダヤ人特有の帽子「キッパ」を被っているこの男こそがニシェリ。戦後、日本の外務省に千畝の消息を尋ねていたあのユダヤ人なのだった。


ニシェリの誘導が続く中、ホームに上がる階段を心細げに上がってくる一人の少女がいた。金色の巻き毛に青いリボンを結び、黒いオーバーを着ている幼い少女が、何も荷物を持たずに、一人っきりで佇んでいる。しかし、慌ただしく行き交う周りの人は、自分たちのことで精いっぱいで、誰もその少女に構う者はいなかった。

「どうしたの？ 迷子になっちゃったのかな？」

しゃがんで少女に目線を合わせて声をかけた女性がいた。千畝がハルピンにいたときの協力者であり、千畝に「人殺し」という言葉を投げつけた、あのイリーナだ。

少女の泣き顔を見たイリーナが、

「よし、じゃあ一緒に、お母さんを捜そうね」

と呼びかけると、少女は、

「お母さんは死んじゃったの」

そう言って泣き声を上げた。

「じゃあ、誰と一緒なのかな？」

イリーナはまったく動じなかった。今のポーランドでは、小さな子どもが母親を亡くすことなど、そう珍しいことではないのだ。少女が「おじいちゃん」と答えると、

「わかった。必ず見つけてあげるからね」

イリーナは、その少女エスターの涙を指で拭ってあげてから、手を引いて列車へと歩き始めた。


一九三九年十二月十四日。貿易商ガノールの家では、親戚たちを招いてユダヤ教の「光の祭」を意味する「ハヌカ」を祝っていた。丸い大きなテーブルを囲んで、全員で起立したまま歌を歌い、「おめでとう！」というガノールの呼びかけに、皆も「おめでとう！」と応じる。

その輪の中に、千畝と幸子もいた。こうした集まりに招かれるほど、千畝はガノールと

家族ぐるみの親しい付き合いをするようになったのだ。

「私の商売の話などつまらないだろうに、あなたは聞き上手だね、センポ」

ロウソクを点した燭台を前に、ガノールは語りかけた。千畝とは、ファーストネームで呼び合う仲になっていた。

「それに、ビジネスのセンスもおありのようだし」

「いや、あなたのお話がわかりやすいからですよ」

と謙遜する千畝に、ガノールは声をひそめて
「でも、口外はしないでくださいね」

と釘を刺すのだった。


その傍らでは、ガノールの息子ソリーが、千畝からもらった切手を、他の子どもたちに見せびらかしていた。

「日本の切手だよ」

封筒に貼られたままだった切手を、きれいに切手帳に貼り直してコレクションしている。ソリーの手元の切手を覗き込むようにしている子どもたちの中に、金髪巻き毛を青いリボンで結んだ少女がいた。ポーランドのバラナヴィーチ駅で迷子になっていたエスターだ。

そのとき、ガノールよりもさらに一回り大柄な初老の紳士が部屋に入ってきた。やはり頭にキッパを被っているユダヤ人だ。

「ああそうだセンポ。紹介しましょう。従兄のハイム・ローゼンタールです」

ガノールが立ち上がると、千畝も一緒に立ち上がり、「どうも」と握手を交わした。

千畝とローゼンタールに座るように促すと、ガノールは、

「ワルシャワから逃げてきました」

と、ローゼンタールの身の上を説明し始めた。

「ポーランドから？」

尋ねた千畝に、ガノールが続ける。

「ドイツ軍による空襲で、家を焼かれてしまったそうです」

幸子を交えておしゃべりを楽しんでいた女性たちも、突然始まった深刻な話に真剣に耳を傾けている。

「娘の夫は、ドイツとの戦闘で死にました。私は娘と一緒に、孫を連れて逃げ出しました」

ローゼンタール本人が話し始めると、子どもたちも神妙な顔で、話を聞き始めた。

「孫のエスターを連れて逃げたんですが、ドイツ兵に捕まってしまって…。他のユダヤ難民と一緒に倉庫に押し込められたのです」

ローゼンタールは、ドイツ兵に捕らわれた後のことを、ゆっくりと話し始めた。

・・・・・・・・・

倉庫では、大勢のユダヤ難民が、

「早くしろ！」

「グズグズするな！」

と言うSS（ナチス親衛隊）の兵士たちの怒鳴り声に追い立てられ、倉庫の奥へと進んでいきました。私も娘も、孫のエスターを絶えずかばいながら、言われた通りにするしかありませんでした。

そこに、兵士たちの上司であるＳＳ軍曹が現れました。

「並べ！」

と兵士たちを整列させ、

「構え！」

と号令をかけると、兵士たちは一列になって、私たち難民に向かって銃を構えました。

彼らは、「伏せろ！」「立て！」と何度も繰り返し叫びました。


「伏せろ！」

軍曹が叫ぶと、伏せ遅れた難民を、兵士たちが容赦なく撃ち殺すのです。

「立て！」

と言われ、難民たちが恐る恐る立ち上がると、

「伏せろ！」

の後にまた銃声が響き渡ります。

軍曹の声は厳しいままでしたが、少し笑いが混じっていたように思います。自分が思いついたこの残酷なゲームを、どうやら楽しんでいたようです。軍曹が「伏せろ」と言うと同時に兵士たちが撃つので、伏せるのが間に合わなかった大勢の人が撃たれて倒れました。

私は、エスターを守るために、立ち上がらずにずっと伏せていました。

「立て！」

軍曹が何度目かに叫んだときには、生き残っている難民たちも、立ち上がると結局伏せ遅れて撃たれることに気づいて、あまり立ち上がらなくなっていました。しかし、そんな中で、一人の男がおずおずと立ち上がりました。

軍曹が、

「上等だ。逃げられるものなら逃げてみろ」

と言うと、男はそそくさと逃げ出しました。軍曹は、そばにいた若い兵士に、その男を撃つように命じました。兵士がためらっていると、

「使えん奴だ」

と吐き捨て、今度は自分の銃で男を撃ったのです。私の耳には、軍曹の漏らしたかすかな笑い声がはっきりと聞こえました。

再び、私たち難民の方を向いた軍曹が、

「立て！」

と叫びましたが、もう誰も立ち上がりませんでした。

そのときです。あまりの恐怖に耐えられなくなった孫のエスターが、私の手を振りほどいて、立ち上がってしまったのです。

軍曹がすぐに、そばの兵士に「あいつを撃て」と命じましたが、兵士はおびえて、すぐには撃てませんでした。

「早くやれ！」

軍曹が兵士をせかすと、伏せたままの娘がたまらず、

「いや！　やめて！」

と声を漏らしました。

「撃てと言ってるんだ！　早くしろ！」

軍曹が兵士に銃を突き付け、さらに急き立てると、

「だめ！」

とうとう娘が立ち上がってエスターをかばいました。

「うわあ————————！」

ダダダダダダダダダダダダダン。

追い詰められた兵士が、娘に向けて何発も機関銃を撃ち、娘は私が伏せているすぐそばに倒れました。咄嗟にエスターを腕の中に抱き留めた私のすぐそばにです。

「立て！」

軍曹がもう一度叫び、威嚇のために天井に発砲しました。そして「片づけろ」と兵士たちに命じると、兵士たちは倒れている難民たちを撃ち始めました。

ダダダダダダダダダダダダン。

ひとしきり続いた銃声がやむと、

「よし、もういい。引き上げるぞ」

軍曹の命令で、兵士たちが倉庫から出ていきました。それまでずっと息を殺していた私は、彼らがもう戻ってこないことを確認してから、そっと体を起こしました。

「ママ、おっきして！」

エスターが、亡くなった娘に取りすがって泣いています。

「お願い、おっきして」

とすすり泣くエスターを抱えて立ち上がって見回すと、周りの難民たちは、皆、死んでいました。

・・・・・・・・・・・・・・・

「生き延びることができたのは、私と孫だけでした」

ローゼンタールから壮絶な経験を打ち明けられ、千畝たちは言葉すら失っていた。

「孫を連れて、どうにかリトアニアにたどり着いたのです」

母を亡くしたときのことを思い出して、エスターも涙で頬を濡らしている。幸子や、ガノールの妻も、必死で涙をこらえていた。

「いずれは、私たち一家も逃げなければならない日がくるでしょう」

眼鏡を外しながら、ガノールが絞り出すようにそう言い、

「それに備えて、少しずつ、事業を整理しようかとは考えています」

とため息交じりに続けると、

「ガノールさん」

千畝が、意を決したようにガノールに呼びかけた。

「はい」

ガノールが眼鏡をかけ直して向き直ると、

「ソ連は来年にもリトアニアへ攻め込んでくるかもしれません。一刻も早く出国されるべきです」

もはや事態は、事業など後回しにするほどに切迫していると忠告する千畝に、

「どこへ？」

今度はガノールではなく、ローゼンタールが問いかけた。

「どこへ行けると言うのです？」

畳みかけるローゼンタールを、千畝は見つめ返した。

「そりゃ、できるものなら、私だってすぐにどこか安全な場所へ孫を連れて逃げたいが、どこの国も受け入れてくれない。ユダヤ人には、もう行く場所がないんです！」

震える声で訴えるローゼンタールに、千畝は返す言葉が見つからなかった。ユダヤ人が置かれた厳しい現実の前に、祝いの席は静まり返っていた。


ある薄曇りの日、カウナスのネマン川にかかる鉄橋を、大きな荷物を手にした男女が疲れた足取りで渡っていた。千畝とペシュは、川岸から双眼鏡でその光景を眺めている。

「見てください」

ペシュの呼びかけに、

「ああ。ユダヤ難民だ。おそらくカレリアからだろう」

千畝が応える。ソ連に併合されたフィンランドのユダヤ人たちが、カウナスに逃れてきているのだ。

「冬が終わるのを待って、逃げてきたのでしょう」

「だろうな。フィンランドが落ちた今、次はいよいよリトアニアだ」

「ソ連がリトアニアを併合すれば、領事館も閉鎖させられるでしょう」

そういって、ペシュはカメラのシャッターを切った。

『『情報収集はやめろ』ということか」

「その通りです」

まさに情報収集の真っ最中であるペシュが続ける。

「一方、ドイツはオランダを降伏させ、フランスに攻め入るのも時間の問題です」

正面から千畝に向き直り、ペシュは、直球の質問を投げかけた。

「センポ。日本はどうするつもりですか？」

「日本はアジアへの進出を続けるだろう」

「でも、どのようにして？」

川べりを歩き始めた千畝を追って、ペシュも横に並んだ。

「軍部は、ドイツと同盟を結ぶことでアメリカとの対決を避けることができると信じている」

「そんなわけないでしょう」

日本の軍部の思惑は、ポーランド難民のペシュですら笑い飛ばすほどのおめでたいものだった。

「私がベルリンにいれば、大島大使にもっと意見を言えるんだが……」

ペシュがふと、空を見上げた。渡り鳥がVの字に隊列を組んで飛んでいくところだった。

「鳥でさえ、帰る場所がある。故郷と呼べる場所があるんです」

故郷ポーランドを追われたペシュには、もう帰る場所がない。慰めの言葉を探す千畝を、

「行きましょう。ご家族が待っていますよ」

とペシュが促した。鉄橋の上を、まだ大勢のユダヤ難民が渡っていた。

一方、川の対岸では、幸子が心配そうに千畝とペシュの帰りを待っていた。小舟で川を渡って戻ってきた二人を、幸子がほっとした様子で迎える。川原でピクニックを楽しんでいた人々の輪の中から、弘樹と千暁が出てきて千畝に駆け寄った。微笑みながら我が子を

抱きとめる千畝は、休日を家族と過ごす子煩悩の父親にしか見えない。

ソ連とドイツに挟まれ、表立って諜報活動ができない千畝とペシュは、こうして余暇を楽しむように見せかけながら、情報を収集しているのだった。


一九四〇年、カウナスのアメリカ公使館では、ソ連兵たちが監視する中、公使館員たちが館内の荷物を運び出していた。アメリカが、ソ連の圧力に屈して公使館を閉鎖したのだ。

車の中からその様子を偵察していたペシュが、「ソ連の奴らめ。まさかもうここまで侵攻しているとは」と毒づくと、後部座席で目立たないように身を潜ませていた千畝もまた、驚きを隠せずに事の推移を見守っていた。

そんな中、館内に入る館員を呼び止める男がいた。ユダヤ人ニシェリだ。

「すみません。ここで何があったんですか？」

ニシェリの質問を遮るように、館員は、

「何もお答えできません。失礼します」

と足早に立ち去った。

「この公使館はすでに閉鎖している！　下がれ」

煙草をくわえた年老いたソ連兵がニシェリを追い払おうとする。

「どうしてもアメリカに入るヴィザが必要なんです！」

ニシェリが食い下がると、

「下がれと言っているんだ！」

ソ連兵は繰り返した。館内に入ろうとするユダヤ人を別のソ連兵が蹴り倒すと、ソ連兵たちとユダヤ人たちとが揉み合いとなり、あたりは騒然となった。仲間を助けようとするユダヤ人、門の前に掲げられている星条旗を引き抜き、投げ捨てるソ連兵……。仕方なく引き上げるニシェリを、ソ連の老兵がジロリと睨む。

車の中で一部始終をじっと見守っていた千畝とペシュは、ソ連の脅威が自分たちの間近にまで迫っていることをつくづく思い知らされていた。去り際に、千畝の乗る車の傍らを通ったニシェリが、車の中を覗き込む。ニシェリは千畝と目を合わせると、その顔をしっかり確認したうえで車から遠ざかるのだった。

「残念ながら、お力にはなれません」

一方しばらくして、カウナスのオランダ領事館では、ニシェリとローゼンタールを前にしたオランダ領事のヤンが、この二人のユダヤ難民の頼みを断っているところだった。

「ヴィザを出したところで、オランダはすでにドイツに占領されていますから」

ニシェリがユダヤ難民の仲間たちを振り返り、ヴィザ発給の頼みが聞き入れられなかったことを伝える。ヤンが席を立ち、

「自由な国の領事館へ行った方がいい」

と勧めると、

「他に行く場所がないのです」

即座にローゼンタールが言い返した。

「お金さえ用意すれば、ソ連を通過することはできるのです」

「ただ、それには最終目的地のヴィザがないと」

必死の思いでローゼンタールとニシェリが言葉を継ぐが、

「誠に残念ですが、私にはどうすることもできないんです」

ヤンはそう言って片手を差し出し、ニシェリに握手を求めた。「お忙しいところ、お邪魔しました」と握手に応じるニシェリを見て、ローゼンタールも仕方なく立ち上がる。二人を見送りながら、執務室の壁に貼られた世界地図を眺めるヤン。その視線が、南米大陸に注がれている。

「キュラソーか…」

と呟きながら、次に目に入ったのは日本。ソ連から日本、日本からカリブ海のオランダ領・キュラソー島へと地図の上をたどるヤンの瞳が一瞬、キラリと光った。

「ソ連を通過することはできるとおっしゃいましたね？」

ヤンがニシェリに確かめた。

「ええ」

「目的地があれば良いのですね？」

何かを企んでいる風のヤンの問いに、ニシェリは静かに頷いた。

ヤンの頭の中には、ソ連と日本を通過した後の最終目的地として、最も有力な候補が一つ挙がっていた。

カウナスの街角では、幸子が一人、グッジェの運転する領事館の車に乗っていた。何気なく外を見ると、三人の若者に取り囲まれた青年が地面に引き倒されている。

「止めて。車を止めて」

流暢な英語で幸子がグッジェに命じ、車が傍らに停まると、

「ちょっとあなたたち！　やめなさい！　やめなさいったら！」

車の中から幸子が制止する。よってたかって青年を蹴飛ばしていた若者たちも、幸子の勢いに毒気を抜かれて、悔し紛れにとどめの一発を青年の腹に見舞うと、そそくさと立ち去った。

リンチを受けた青年が、うめき声を上げている。

「あの人、大丈夫かしら？」

と心配げな幸子の言葉に、

「ユダヤ人ですから。いつものことですよ」

グッジェは事もなげに切り捨てた。

「でも、なぜ？」

ユダヤ人を敵視する理由を幸子が尋ねると、

「ダニのような奴らだからですよ。他人の商売は横取りするが、我々とは交じわろうとしない。ユダヤ人にはかかわらない方がいい。ユダヤ人に何があっても、あまり気にされないことです」

ようやく立ち上がる青年を一瞥すると、グッジェは車を出した。グッジェの中にあるユダヤ人への冷たい感情に触れ、幸子は複雑な思いで、後ろを振り返るのだった。


ある日、ペシュが領事館の前の道路で、車を自分の顔が映るほどにピカピカに磨き上げていると、門の外から、一人の男が中を窺っていた。黒い上下に、つばの広い黒い帽子。典型的なユダヤ人紳士の出で立ちだ。

そこにもう一人、同じような服装の男が加わる。ペシュがなおも車を磨き立てていると、その数はあれよあれよという間に増え、仕上げにサイドミラーを拭いてふと目をやったときには、門の外に鈴なりになっていた。

電線に止まる鳥の群れのようにびっしりと集まったユダヤ人の中には、女性の姿もちらほら見え、ニシェリの姿もあった。不安げに目を伏せる女性や、心配そうに顔を見合わせる顔見知り同士…領事館の門の前には、座り込む若者も出てきていた。

「ソ連が各国の領事館に退去を促している」

領事館の中に戻り、中から外の様子を窺っているペシュに千畝がそう言うと、

「リトアニアを併合する準備を進めているんですね」

ペシュも応じた。

「あのユダヤ難民たちも、他に当てがなくなり、ここに流れてきたのでしょう。日本政府がヴィザ発給の許可を出すわけがないのに」

「おそらく出さないだろうな」

千畝はそう言うと、領事館の建物を見回しながら、

「それに近々ここも閉鎖しなければならない」

と告げた。

「それまで放っておくのが一番です」

ペシュが、千畝に言い聞かせるようにそう言い、少し言いよどんでから、

「閉館する前にお願いがあるのですが」

と切り出した。

「わかっている。いつか約束した、君の仲間にヴィザを出す話だろ？」

「すべてお見通しですね」

ペシュの顔が思わずほころぶ。

「心配するな。約束は守るよ」

「ありがとうございます」

ペシュは、そう礼を言うと、別室に行こうとしていた千畝を呼び止めて、

「実は」

と切り出した。

「あなたに会いたいという人がいます」

そして最後にこう付け加えた。

「個人的に」


ゴーン、ゴーン。

ロシア正教会の玉ねぎのような屋根の上で、鐘が鳴っている。千畝は、カウナスにあるその教会で、十字を切って祈りを捧げていた。ハルピンにいた頃に洗礼を受け、キリスト教徒となっていた千畝にとって、キリスト教はすでにごく身近なものだった。

祭壇に上がり、再び十字を切る千畝に、

「センポ」

と声をかけた女性がいた。

「イリーナ…」

ハルピンで別れたイリーナだった。

「驚かせたかしら？」

頭からすっぽりとショールを被り、見るからにロシア人女性という格好のイリーナに、千畝は一歩ずつ近付いていった。

「君だったのか」

「ええ」

千畝に会いたいとペシュに頼んだのはイリーナだった。


「紹介したい人がいるの。私の夫よ」

共に祭壇から降りながら、イリーナが続ける。

「日本行きのヴィザを発給してもらいたいの。ちょっと困ってることがあって」

イリーナが、礼拝堂の座席に近付くと、さっきから席に座っていた中年の白人男性が立ち上がった。男性を紹介しようとしたイリーナが、

「友人の…」

と言いかけたところで、千畝が、

「君の『ご主人』だろ?」

と気を回して訂正すると、イリーナはハッとして、

「…そう。『主人』よ」

と言い直した。バツの悪そうな様子のイリーナに、千畝はただ微笑みを返した。イリーナと男性の結婚が偽装であることを、千畝はとうに見抜いていたのだ。

「〝主人〟はドイツから逃げてきたうえに、ソ連からも追われているのよ」

「しかし、ヴィザがあってもソ連を無事に通過できる保証などないぞ」

「ソ連の通過ヴィザは用意してあるから問題ないの。今なら正規のルートで東へ行く人たちが大勢いるし、そこに紛れ込んで逃げようと思う。そうすれば、疑われずに通れるわ」

不安そうな面持ちの男性をよそに、イリーナは楽観的な計画を語った。ひと通り聞いていた千畝が、「そうだといいけど」と言いたげな様子で頷いて、

「わかった。用意しておくよ」

と引き受けると、イリーナは、ややおいて「ありがとう」と短く礼を言った。黙ったままの男性にちらりと目をやってから、千畝が歩き始めると、

「モスクワには行けなかったのね」

イリーナが横に並んだ。

「ヴィザが出なくてね」

「残念ね。たかが紙切れ一枚のことなのに……」

その紙切れ一枚が大事なのだと、千畝は思わず苦笑する。イリーナが「じゃあ、連絡を待ってるわ」と言い置いて立ち去ると、千畝一人がその場に残された。

久しぶりの再会だというのに、硬い表情を一度も崩さずにいたイリーナ。

千畝の脳裏に、ハルピンの操車場でイリーナが放った、

「人殺し」

という言葉が甦る。

まだイリーナは自分のことを許していないのだろうと、千畝の心は暗く沈むのだった。

千畝が領事館に戻ると、門の前には、さらに数を増したユダヤ難民たちがひしめいていた。車を進ませるために、グッジェが、

「下がってください！　危ないですよ、下がってください！」

と注意を促す。

カチッと音を立てて門を閉じるグッジェを、難民たちが見つめている。千畝がヴィザを

発給してくれることを期待して、そのためにここで待っているからだ。

「通過ヴィザが欲しいと言っています」

車のドアを開けながら、グッジェが小さな声で千畝に囁いた。

「誰も中に入れないようにしてくれ」

眉をひそめるようにして千畝が言うと、「わかりました」とグッジェが応じた。車を降りたペシュが、門の外に溢れかえる難民たちを見渡し、車のドアを勢いよく閉める。

千畝が館の玄関に近付くと、扉が開いて、幸子が千畝を出迎えた。

「お帰りなさい。遅かったですね」

「うむ。ただいま」

千畝は、もう一度振り返って難民たちの姿を目に収めると、扉をバタンと閉じた。

夜になると、難民たちは領事館の門の前で焚火を熾して暖を取っていた。

「こんなところにたむろするな！」

突然、ソ連兵が現れた。

「早く帰れ！」「邪魔だ、どけ！」「散れ！」「通行の邪魔だ」「さっさとうせろ！」

口々に罵りながら、ユダヤ難民たちを追い立てる。ジープを走らせて難民たちを蹴散らしたかと思えば、焚火を蹴り倒すソ連兵もいる。その様子を、千畝は黙って領事館の二階の部屋から見ていた。

その夜、千畝は一人タイプライターに向かい、暗号を使って電文を打っていた。日本の外務省に、難民たちへのヴィザを発給して良いかどうかを問い合わせるための電文だった。


その日、領事館の門の外には、またユダヤ難民たちが大勢集まってきていた。夕暮れ時ということもあり、幼い少女ハンナは、お腹が空いてたまらない。

「ハンナ、もう少しがんばれる？」

「だいじょうぶ」

ひもじいはずなのに強がるハンナ。母親は、けなげなハンナがかわいそうになり、思わずおでこにキスをして抱きしめた。そんなハンナを、兄のアーロンも心配そうに見つめていた。

領事館の中では、幸子が夜食のサンドイッチを職員たちにふるまっているところだった。幸子の後について執務室に入ってきた千暁が、窓の外を眺めている。幸子もそんな千暁の様子に気づいていた。

窓の外では、すっかり日も暮れて暗くなった中で、小さなハンナがついに、

「あたし、おなか空いちゃった」と兄のアーロンに訴えた。

「我慢しろ。もうすぐお兄ちゃんが何か食べさせてやるから」

そうは言っても妹に食べ物を与える当てなどなく、アーロンはただ途方に暮れていた。

そのとき、館の中から二人を見ていた千暁が、サンドイッチの載った皿を持って外に出た。そして、門の外にいたアーロンに近付くと、皿を差し出したのだ。

突然、差し出されたサンドイッチに、アーロンは一瞬、戸惑った。しかし、それがハンナと変わらない歳の千暁からの差し入れだとわかると、柵の間から両手を差し込んで二つのサンドイッチをつかんだ。

アーロンが受け取ると、千暁は満足そうに戻っていった。

母親がアーロンの手からサンドイッチを一つ受け取り、抱いていたハンナに食べさせる。残りのサンドイッチを口に運ぶアーロンの姿に目を細め、母親は、ハンナの頬に喜びのキスをした。


「それで、ペシュさんのご家族は今、どちらに？」

館の中では、幸子がペシュと一緒に夜食を取っていた。幸子が、和やかな会話の続きでペシュに尋ねたそのとき、ペシュの表情は一瞬にして曇った。

「家族は、ドイツ軍が侵攻してきたときに殺されました」

驚いた幸子が、カップを置き、「ごめんなさい」と謝ると、

「いえ」

ペシュはそれだけ答え、あとは口をつぐむのだった。


その晩、幸子は一人、これまでに切り抜いてファイルしていた新聞記事のスクラップを読み返していた。

「北鉄譲渡協定　けふ歴史的調印式挙行」

「北鉄譲渡成立の影響　北満宝庫の開発　飛躍的発展を遂げん」

「ソ連・我に不法！　大使館員入国を拒否」

夫である千畝の外交官としての活躍と挫折を振り返りながら、千畝が今後、どんな決断を下すのか、その決断によって、自分たちの暮らしがどんな風に変わるのか、あれこれ思いを巡らせる幸子だった。


千畝の問い合わせに対する答えが、日本の外務省から返ってきた。暗号機から吐き出される紙には、返信の内容が暗号化されて記されている。

「やっと日本から返信が来た」

解読を済ませた千畝がそう言いながら、ペシュが仮眠を取る部屋に入ると、ペシュはベッドから起き上がり、

「またずいぶんと時間がかかりましたね。で？　日本政府は何て言ってきましたか？」

とあくび交じりに尋ねた。

「やはり思った通りだ。すべての条件を完全に満たさない限り、ヴィザの発給を一切認めるつもりはないそうだ。しかし…」

ソファに座りながら言葉を続ける千畝を、

「『しかし』？　『しかし』も何もないでしょう？　センポ、あなたは日本政府に従うべきです」

ペシュが遮った。ペシュの遠慮のない物言いに、千畝は思わず天を仰ぐ。

「そんな目で見ないでください。もちろん、私だって彼らには生き延びてほしい。彼らの多くは私と同じポーランドから来たユダヤ難民だからです」

ペシュは、自分もまた難民たちに心を寄せていることを熱っぽく語りながら、

「しかし、日本政府に逆らってまで、ヴィザの発給などしたら、あなたの外交官生命は終わりですよ」

といったん声を落とし、静かに千畝に忠告した。

「もし、ドイツに目を付けられれば、我々の諜報活動に影響が出るばかりか、ご家族の身に危険が及ぶかもしれません」

再び語気を荒らげてから、ペシュは「あなたは、中立を貫くべきです」と噛んで含めるように千畝を諭した。

千畝は、そのままペシュを見つめながら、

「ペシュ」

と呼びかけ、背をもたせかけていたソファから体を起こすと、

「君は本当にそれでいいのか？」

と問いかけた。

そんな千畝から目をそらすペシュ。すでにその仕草が、ペシュが心の底ではユダヤ難民を救いたいと思っていることを十分に物語っていた。

数日後、領事館の執務室では、幸子が急須から湯呑みに茶を注いでいた。その傍らで、千畝が窓から外を見ている。

領事館の門の外は、相変わらずユダヤ難民で溢れ返っていた。そのリーダー格であるニシェリがグッジェを手招きしている。グッジェが仕方なく近付くと、ニシェリは、

「領事に会わせてもらえないかな」

と頼んだ。

「今は閉館中です」

「わかってる。けど、今、話す必要があるんだ」

ニシェリが再び懇願する横で、難民の一人が柵を乗り越えようとした。領事である千畝に直談判しようというのだろう。

「やめろ！」とグッジェが止め、ニシェリも「おいよせ！」と制止した。

「そんなことをしてもヴィザはもらえませんよ！」

グッジェの言葉にニシェリも頷き、柵を乗り越えようとした難民を諌めた。


その様子を、千畝は領事館の二階から見ていた。

「冷めないうちに召し上がってください」

幸子が声をかけると、ようやく幸子が茶を淹れてくれたことに気づく。

「じゃ、何かあったら遠慮なく呼んでくださいね。お部屋にいますから」

千畝は頷くと、再び窓の外に視線を戻した。

領事館の門では、まだグッジェとニシェリの押し問答が続いていた。

「とにかく、今はお話できません」

「おたくの立場もわかるけど、我々にはもう他に行くところがないんだ！」

埒があかないやりとりに業を煮やしたニシェリが、思わず声を荒らげる。

「頼むから領事に会わせてくれ。もう、ここしかないんだ！　…あ、領事？」

ニシェリの言葉にグッジェが振り返ると、千畝が領事館から出てきて、ユダヤ難民たちの前に立っていた。

「グッジェ君、彼らに話を聞くと伝えてくれ」

驚きに目をみはるグッジェが「わかりました」と応じると、千畝はグッジェに小声で、

「ついに、リトアニアがソ連への併合を受け入れた。二週間後に正式に併合されることになる。ここもじきに閉鎖しなければならない。そのつもりで皆に準備するように伝えてくれ」

と命じて、館の中に戻った。

グッジェが門に戻り、難民たちに「話を聞くそうです」と伝えた。

領事館の中では、ユダヤ難民の代表として、ニシェリと四人のユダヤ人が千畝に面会していた。

「面会のチャンスをくださり、ありがとうございます。日本を通過するためのヴィザを発給していただきたいのです」

代表者の中には、ガノールの家で会ったローゼンタールもいる。千畝がローゼンタールに気づくと、ローゼンタールも静かに頷いた。

「日本国のヴィザは、たとえそれが通過のためだけだとしても、申請者が日本までの渡航費と滞在費を十分に持っていなくては、発給できません」

ローゼンタールの気の毒な身の上を思うと、ヴィザはなんとしてでも発給してあげたい。しかし、一方で千畝には外交官としての立場がある。ここは非情だと思われても、ルールはルールとして、貫かなければならない。

「それと、最終目的地の入国許可もいる。旅費と滞在費はお持ちですか？」

千畝が尋ねると、「それはなんとかします」とニシェリが答えた。

「では最終目的地は？　その国の入国許可は取ってありますか？」

さらに千畝が問いかけると、ニシェリは、

「ええ。ここに」

ごそごそと上着のポケットを探り、胸ポケットから一枚の書類を取り出した。

書類には手書きの文字でこう書かれていた。

『在カウナス・オランダ領事は、南米スリナム、キュラソーを含むオランダ領への入国に関し、ヴィザを不要と認める』

千畝はすばやく文字に目を走らせると、

「これは…非常に不可解ですね」

困惑を隠さずに呟いた。

千畝は、オランダ領事館に向かった。いつかパーティーで会ったオランダ領事のヤンに、ヤンが発行した不可解な書類についての説明を求めるためだ。

オランダ領事館はすでに閉鎖されていて、表からは看板が外され、事務員たちが片づけをしているところだった。

「『ヴィザ不要』と書かれただけの紙をヴィザとは呼べません」

千畝の言葉に、

「センポ。ソ連の占領が完了すれば、ユダヤ難民は、この国から出られなくなる」

執務室を片づけているヤンが答えた。

「オランダ本国がドイツに占領されたと言っても、私はここを出て故郷に戻ることができる。しかし彼らは、今ここを出なければ、もうどこへも行けなくなってしまう」

腕組みをして聞いていた千畝が、

「しかし、あれはただの紙切れに過ぎないじゃありませんか」

と詰め寄ると、

「そう、ただの紙切れだ。あの紙そのものには、何の値打ちもない」

ヤンはいたずらっぽく笑って続けた。

「しかし、あの紙を使って彼らが脱出さえできれば、オランダ植民地には入国できる。理屈は通るはずだ」

外した看板を手に、ヤンは隣の部屋へと歩いていく。千畝は、その後を追いながら、

「そこまでたどり着ければの話でしょう」

と、ヤンの計画がいかに非現実的か、その矛盾を突いた。

「確かに、キュラソーは岩だらけの小さな島。何もないところだ。当然、島へ行く直行便などもない」

ヤンは、私物を片づける手を休めずに、今度は開き直った。そして、千畝の目をじっと見つめると、「これが私にできる精いっぱいなんだ」と打ち明けた。

「でもヤン、それじゃ、体裁を取り繕ってるだけじゃないですか？」

なおも食い下がる千畝に、ヤンは深くため息をつき、慌ただしく動かしていた手を止めてゆっくりと千畝に近付くと、

「センポ、それでいいんだ」

静かにテーブルに腰をかけた。壁には、いつかニシェリたちが訪れたときにキュラソー

を見つけた地図がまだ貼ってある。

「私はしょせん、体裁を整えるためだけの領事、名ばかりの領事なんだから。だから、失うものなど何もないんだ。いつクビになっても構わない」

ヤンは、千畝にというより、むしろ自分に言い聞かせるように続けると、

「しかしこれでやっと言える気がするよ。『私がカウナスのオランダ領事だ』と」

と結んだ。

お飾りの領事だったからこそ、オランダ本国の意向などお構いなしに思い切ったことができる。それこそが自分の使命なのだと胸を張るヤンの覚悟を目の当たりにして、千畝の心も揺れ始めていた。

領事館の外はもう暗くなっていた。ニシェリが柵の外でタバコに火をつけると、あたりが一瞬、明るくなる。領事館に灯る明かりには、千畝の影が浮かんでいた。煙を吐き出すニシェリと外を眺める千畝の視線が一瞬絡み合ったのはそのときだった。

門の前では、ユダヤ難民たちがロウソクに火を点して、ヘブライ語で祈りを捧げている。

幼いハンナは、母親に抱かれてウトウトしていた。もう眠いのだ。

その様子をじっと見守る千畝の背後から、幸子が現れた。

「お邪魔かしら」

幸子の言葉に、千畝は首を横に振った。

「子どもたちは？」

「もうぐっすりと休んでます」

「そうか」

幸子は千畝の肩に両手を預けて、千畝にもたれかかった。柵の外では、ハンナの母親が、ハンナをあやしている。

「ねえ、彼女には、どうしてご主人が一緒じゃないんだと思います？」

ハンナの母親から視線を動かさずに、幸子が問いかける。千畝には返す言葉が見つからない。間違いなくこの戦争で命を落としていると思うからだ。

「私には、あのお母さんは、ある朝いつものようにご主人を見送ったように思えます」

千畝から体を離すと、幸子はそばのテーブルに腰かけた。

「でも、いつまでたっても帰ってこなかった。何日も待ち続けたんでしょうね。きっと今に帰ってくるって。この子たちを置いてあの人がいなくなるわけないって。でもある日、もう帰ってくることがないと知ってしまった」

ハンナの母親の心の中を察しているはずの幸子の言葉が、いつの間にか幸子自身の思いとなって、溢れ出していた。

「でも、覚悟はしていたんです。危険だとわかっていたのに、毎朝、『もしかしたらこれが最後になるかもしれない』って覚悟をして、送り出していたんです。だから、思い出の詰まった家を捨ててまで、逃げてくることができたんでしょうね」

息子のアーロンの肩を抱くハンナの母親を見て、幸子は息をついた。

「心配いらないって言われると、心配してしまうものなのよ」

ついに本音が幸子の口から漏れた。幸子は、これまで一人で迷いを抱え込んで苦しむ千畝を、ハラハラしながら見守るしかなかったのだ。その思いに初めて気づいた千畝に、幸子は続けた。

「ほんと不思議よね。世界はこんなに広くて、そこにいる人は肌も目の色も全然違うのに、心はみんな同じなんですもの。彼女もきっとご主人のことを、誇りに思っていると思うわ」

今や幸子の言葉は、すべて千畝に向けられていた。幸子は、自分をハンナの母親になぞらえて、実は自分こそが夫である千畝を誇りに思っていると、そう告げているのだ。

幸子は、窓際の千畝の傍らにあらためて腰を下ろすと、正面から千畝に呼びかけた。

「ねえ、千畝さん。あなたは、今でも、世界を変えたいと思っていますか？」

「常に思ってる」

千畝も幸子から目をそらさずに答える。そして、

「すべてを失うことになっても、ついてきてくれるか？」

と幸子に問いかけた。窓の向こうでは、ユダヤ難民の焚火の炎が揺れている。

「はい」

口元ににっこりと満足げな笑みを浮かべて、幸子が頷いた。

これで千畝の決意が固まった。

翌朝、領事館の門の前では、いつものようにニシェリが館の中の様子を窺っていた。二階のバルコニーでは、鉢植えにじょうろで水をやり終えた幸子が、部屋に戻らずに、そのまま外の様子を見守っている。

執務室では、千畝が一人、席に座ってじっと前を見据えていた。

そのとき、玄関の扉が開き、グッジェが出てきて、まっすぐ門へと進んだ。そして、門の前にいるユダヤ難民たちに、高らかにこう告げた。

「ただいまから、ヴィザの発給を開始いたします」

「わあー！」

「やったー！」

一斉に歓声が上がり、拍手が起こった。手に手を取り、抱き合って喜ぶユダヤ難民たちの姿を、バルコニーから幸子もしっかりその目に収めていた。

執務室では、千畝が台帳を開き、万年筆を手に難民たちを待っている。

「パスポートを用意して、裏口に回ってください」

グッジェの指示に、もう一度、歓声が沸き起こった。幸子も、喜びをこらえきれずに涙ぐんでいる。

グッジェが門を開けると、ニシェリを先頭としたユダヤ難民たちが、興奮気味に、しかしあくまでも冷静に、整然と列を作って敷地に入ってきた。

「よかった！　天の助けだ。ありがとう！」

「ありがとう！」

彼らは、グッジェに感謝の言葉をかけながら続々と館へ入っていった。

ペシュは、館の中でタバコを吸いながら、その声にじっと耳を傾けていた。千畝の決断がどんな結果を招くのか、ペシュには痛いほどにわかっていたからだ。


「ニシェリさん」

執務室でヴィザを申請しているニシェリに、千畝は、ヴィザの文面をしたためる手を休めずに呼びかけた。

「はい」

「これはただのヴィザです。通用するかどうかもわかりません。無事に逃げ切ることができる保証などないんです。恐らく厳しい道のりになるでしょう」

ニシェリは、これからの逃避行にますます困難がたちはだかることにあらためて思いを巡らせ、思わず目を伏せた。

「ただ、どうかあきらめないでください」

ヴィザの最後にサインをした千畝が、出来上がったヴィザをニシェリに手渡しながら励ます。

「本当に、本当にどうもありがとうございます」

ニシェリが感激に喉を詰まらせながら礼を言った。

「またいつか会えるかもしれませんね。お互い運が良ければ」

湿っぽくなるのはごめんだとばかりに、千畝が陽気な調子で切り出し、「その日を楽しみにしています」と、とりわけ力を込めて結んだ。

「杉原さん、何て言ったらいいか…」

ニシェリが握手のために右手を差し出すと、

「こう呼んでください。『センポ』と」

握手に応じながら千畝が答えた。

「センポ」

ニシェリが、親しみを込めてファーストネームで千畝の名を呼んだ。二人の間に友情が芽生えた瞬間だった。


「領事、次が」

グッジェが千畝に耳打ちする。後が控えていることに気づき、ニシェリが急いで領事館を出ると、「ニシェリ、どうだった？」と、ラビ（ユダヤ教の宗教指導者）の一人が声をかけた。本当にヴィザが出るのか、まだ信じられなかったのだろう。

「ラビ、やりました！　これでもう大丈夫だと、みんなに伝えてください」

ラビと肩を抱き合いながら、ニシェリは発給されたヴィザを見せた。

「やりましたね！」「ついに旅立てますね」

二番目にヴィザを受け取ったもう一人のラビも加わり、「ヴィザが取れた！　ヴィザが取れたぞ！」と肩を抱き合い、喜びを分かち合った。

その夜、カウナスのロシア正教会では、司祭が祭壇で祈りを捧げていた。

「今日からできるだけ多くのユダヤ難民にヴィザを発給することにした。君たちも、さらに紛れ込みやすくなるはずだ」

祈りが続く中、教会の椅子に横座りした千畝が、向かい合って座っているイリーナに静かに告げていた。

「だけど、日本の外務省の許可は出ていないんでしょう？」

「許可は出ていない。でも、完全に拒否されたわけでもないんだ。君は気にしなくていい」

イリーナが溜息をつく。許可が出ていない以上、千畝が外務省の指示に従っていないことは明らかだからだ。

「でもセンポ、なぜそこまでしてあげるの？」

千畝は一息置いて、

「同じ質問をしていいかな？」

とイリーナに問い返した。

「君はなぜ、ユダヤ人たちを助けているんだ？　自分も危険な目に遭うことがわかっているのに」

イリーナは黙って目を伏せた。

「偽装結婚をして、敵国を通ってまで、なぜ助けようとしているのか？」

まだ目を閉じたままのイリーナ。

「何のために？」

声をひそめながらも強く問いかける千畝に、イリーナは閉じていた瞼を開くと、

「気づいたのよ。ユダヤの人も私と同じだって。私と同じように、あの人たちも故郷を失った。帰る場所がないの。だから、あの人たちのためにやっていることは、自分のためでもあるの」

と答えた。

涙で潤むイリーナの瞳を、千畝はじっと覗き込んだ。祈りを捧げていた司祭が礼拝堂を出ていく。その姿を目で追っていた千畝は、やがてイリーナに視線を戻すと、いたずらっ

ぽくこう言った。

「まあしょせんは、『紙切れ一枚の問題』だしな」

イリーナが思わずくすりと笑う。つられて千畝も笑った。

イリーナの笑顔を目にするのは久しぶりのことだった。


領事館の執務室にタイプライターのキーを打つ音が響く。グッジェが、ヴィザを発給するユダヤ難民の氏名を打ち込んでいるのだ。今、グッジェが打っているのは、ガノールの家で会い、その後、ヴィザ発給のために直談判しに来たローゼンタールの名前だった。ローゼンタールとエスターが申請に来ているのだ。

「どうかお孫さんを守ってあげてください」

パスポートを確認し終えた千畝がローゼンタールに語りかけると、ローゼンタールは、自分を見上げるエスターの頭をなでながら、

「ええもちろんです。たった一人の家族ですから」

と応えた。

「ガノールさんたちは…一緒じゃないんですか？」

親戚であるガノール一家について千畝が尋ねると、

「ええそうなんです。仕事が忙しいと言って」

ローゼンタールも気がかりな様子だ。

「どうか一刻も早く来るようにお伝えください」

パスポートを返しながら、千畝が念を押す。

「わかりました。センポ、本当にありがとうございます」

千畝は、エスターに向かってにっこりと微笑んだ。そして、この二人の無事を心から祈った。

ヴィザの発給を求める列には、ハンナとアーロン、そして二人の母親も並んでいた。いよいよ順番になり、母親がパスポートをグッジェに渡す。しかしその手は、ぶるぶると震えていた。

訝しげにパスポートを受け取り、確認するグッジェ。母親は、自分の顔とパスポートとを見比べるグッジェと決して目を合わせようとしない。

「次の方」

緊張した面持ちの母親が千畝の前に座った。後ろから、ハンナとアーロンが「これでヴィザがもらえる！」と期待に満ちた目で母親を見つめている。

彼らのパスポートを千畝に手渡しに来たグッジェが、千畝に
「領事。パスポートに怪しい点があります」

と耳打ちした。確かに、パスポートに押された判子がずれている。

しかし、千畝はその点には一切触れずに、母親に
「ヴィザがあれば助かるのですか？」

と尋ねた。

「はい。とても助かります」

追い詰められた様子で母親が訴えた。後ろには、心配そうに見守るアーロン、そしてクマのぬいぐるみを手にあどけない笑顔を覗かせるハンナがいる。

ヴィザがもらえなければ、この子たちはまず助からないだろう。千畝の心が決まった。

「そういうことなら」

すべての事情を呑み込んで、千畝がスタンプを押す。千畝が敢えて不正を見逃したことに、普段は表情を顔に出さないポーカーフェイスのグッジェも、さすがに驚いている。

ヴィザが発給されたことに心から安堵して、アーロンに微笑みかける母親。千畝の思わぬ温情に接して、これまでの緊張が一気にほどけた母親は、喜びで泣き出したい気持ちを抑えて、ただただ感謝に満ちた瞳で、千畝を見つめていた。


ある朝、いよいよ領事館にソ連兵がやってきた。やがて、硬く強張った表情の千畝に敬礼して、二人のソ連兵が立ち去ると、千畝が執務室の扉を閉めかけたところに、ちょうどグッジェが出勤してきた。

「おはようございます、領事」

「おはよう」

いつも通りのあいさつを交わすと、素早く執務室に入って扉を閉めたグッジェが、

「彼らは何と言ってきたのですか？」

と小声で尋ねる。

「一週間で出ていけということだ。早速、次のヴィザ申請者を通してくれ」

「わかりました。でも、こんなに大量にヴィザを発給して大丈夫なのですか？」

頷きながらもグッジェが確かめると、

「日本の外務省にはまだ伝えていない」

千畝の正直な告白に、グッジェは息を呑んだ。

「ヴィザの発給条件にはさまざまな項目があり、さまざまな特例も存在する。外務省に問い合わせをして返事が来る。それに対してまた問い合わせをする…。その返事を待っている間に、やるべきことをやっているだけだ」

「しかし…」

グッジェは、いったん出ていきかけた執務室の中に戻ると、腕組みをして屁理屈を押し通そうとする千畝に、

「しかしそれは…詐欺じゃないんですか？」

と詰め寄った。

「そうかもしれない。でも、時間は稼げるだろ？　大丈夫。日本がこのことに気づいた頃には、もうこの領事館はない」

執務机に戻りながら、千畝は冗談めかして明るく開き直った。そして、席に着くと、

「最善を尽くそうじゃないか」

すべては覚悟のうえだと明かした。

千畝の覚悟を聞いて、ついにグッジェの腹も決まった。

「領事、これを使ってください」

グッジェはそう言って、手元に持っていた小さな箱を千畝に差し出した。

「何だい？」

受け取りながら千畝が尋ねたが、グッジェは質問には答えずに、

「それをお使いいただけば、多少は、時間を節約できるかと思いまして。では、申請者を呼び入れます」

とだけ言い、ヴィザ申請者への対応に戻った。

首をひねりながら千畝が箱を開けると、そこには、四角いスタンプが入っていた。試し

にインクをつけて、紙に押してみると、

『査証』

で始まる、いつも千畝が手書きで綴っていたヴィザの文言が、すべて見事に日本語のまくっきりとした印影を残していた。日付や人数の欄だけが空欄になっていて、その都度、書き加えられるようになっている。

グッジェはいつの間にこのスタンプを作ってくれていたのだろうか？

千畝の胸に熱いものがこみあげる。思わずグッジェの姿を捜すと、当のグッジェは、執務室のカーテンを開け、淡々と申請者たちを部屋に招き入れているところだった。

グッジェのスタンプのおかげで、ヴィザの発給作業はより効率的になり、一層のスピードアップが図られた。

「どうぞ」

千畝からヴィザを受け取っているのは、いつかカウナスの街でひどいリンチに遭っていたユダヤ人だった。彼は、「ありがとうございます。感謝します」と、千畝と握手を交わ

して席から立ち上がると、今度はタイプライターの前のグッジェに向かって、

「あなたはいい人だ」

と呼びかけた。

「次の方」

返事をせずに、次の申請者を呼ぶグッジェに、青年はもう一度、

「感謝します」

と繰り返し、頭を下げた。

それでもまだ、相変わらずポーカーフェイスのグッジェ。だが、その心の中で、激しく揺れ動いている感情があることに、グッジェ自身も気づいていた。

その日、領事館に一向に顔を見せないガノールにしびれを切らした千畝が、ついにガノール社まで直接出向いていた。ヴィザを届けるためだ。

「どうぞ」

「そんな…わざわざ届けてくださってありがとうございます」

千畝が差し出すヴィザを受け取ったガノールに、千畝が、

「これで出国できます。一刻も早くそうしてください」

と念を押すが、

「しかし、ご覧の通り、やっと会社の整理を始めたところなんです」

ガノールは、またも言い訳を始めた。

「ガノールさん、勘違いしないでください！」

千畝は一層語気を強めると、

「これは、『移住』ではありません。『逃亡』なんです！」

と言葉を重ねた。千畝の勢いに押されて、ガノールもようやく、

「わかりました。できるだけ急ぎます」

と素直に応じた。「ぜひそうしてください」と、さらに念を押す千畝に、

「センポ。またいつか会えるよね？」

いつの間にかガノールの傍らに立っていたソリーが呼びかけた。千畝が、それまでとは
打って変わった柔らかい微笑みを湛えた顔で、

「もちろんだよ。いつか必ずまた会える。だからその日まで元気でいてくれよな」

と返すと、

「わかった。約束だよ」

そう言って、ソリーもニッコリと屈託のない笑顔を見せた。


いよいよイリーナたちが旅立つ日がやってきた。

イリーナの〝夫〟が、ペシュの車の中で待つ間、領事館の執務室では、千畝がイリーナにヴィザを発給していた。

やがて二人は、領事館を出て、夕闇の中を車に向かって歩き出していた。

「それじゃ、これでお別れね」

「そうだな」

イリーナのために千畝が車のドアを開けると、イリーナはすぐには車に乗り込まず、

「変わったわね。優秀な外交官だったあなたが、今じゃただのお人好しだわ」

そう言ってから、車に乗り込もうとした。

そのとき。

「イリーナ」

千畝はイリーナの肩に手をかけ、自分の方を向かせると、これまでにもそうしてきたように、肩越しにイリーナの服の背中のボタンを留めた。

「できたよ」

と呼びかける千畝に、

「やっぱりあなたは変わってなかったわ」

イリーナはさっきの自分の言葉を打ち消すように首を振り、

「センポ」

と最後に優しく名を呼んでから、車に乗り込んだ。

離れたところでその様子を見守っていたペシュが車に戻り、発進させる。千畝はしばらくの間その場に佇んだまま、遠ざかっていく車のエンジン音に耳を傾けていた。

そして、ついにその日がきた。

ソ連兵たちが監視する中、領事館の門柱から、「大日本帝国領事館」の看板が外されている。在カウナス日本領事館が閉鎖されたのだ。

では、ヴィザの発給業務も終わってしまったのか？

いや、ヴィザの発給は領事館が閉鎖された後も続けられていた。千畝やグッジェは、メトロポリスホテルに場所を移して、ヴィザの発給を続けていたのだった。

一九四〇年八月三〇日。ホテルの前には、ヴィザを待つユダヤ難民たちが列を作っていた。

「ヴィザをもらったわ！」

ホテルの中から出てきた女性が、父親にヴィザを見せて、ほっとした様子で立ち去ると、列に並んでいたユダヤ難民たちの表情も一層和らいだ。ロビーでは、グッジェの打つタイプライターの音が絶えず響き、千畝はヴィザにスタンプを押しては、万年筆で日付を書き込んでいる。なるべく多くの申請者にヴィザを発給すると決めた千畝だけに、ほんのわずかな間もその手を休めることはなかった。

九月五日。リトアニアを去るその日になっても、千畝はカウナス駅に場所を移して、ヴィザの発給を続けていた。列車が発車する時刻ギリギリまで、できる限り多くの申請者にヴィザを発給しようとしていたのだ。

スタンプを押すところまではグッジェが担当し、千畝はサインをするだけ。流れ作業にすることで、なるべく短時間に多くの発給ができるようにしていたのだが、ついにタイムリミットが訪れた。

ポ――――――ッ。

列車の汽笛が鳴り響くと、

「ここまでです」

次の申請者の女性をグッジェが押しとどめた。ヴィザがもらえるものと信じて疑わなかった女性が、ショックを受けている。

「時間です、領事」

「しかし、ヴィザが必要な人がまだこんなにいるじゃないか」

「これ以上は留まれません。汽車が出てしまいます」

グッジェが片づけを始めた。

ポ――――ッ。

もう一度、汽笛が鳴り、さすがの千畝も席を立った。グッジェがスタンプの入った箱を差し出すと、千畝は受け取らずに、

「君が使ってくれ。時間の許す限りヴィザを発行するんだ。どこまで通用するかわからないが、後は君に託す」

とだけ言って、グッジェと握手を交わした。引き続きヴィザ発給が行われることを知って、難民たちが喜んでいる。


「領事！」

旅行鞄を手に、いよいよ列車に乗り込もうとする千畝をグッジェが呼び止めた。千畝の横に並んで、

「お話ししないといけないことが」

とおもむろに切り出す。

「以前、ゲシュタポにあなたのことを聞かれたことがあって…」

「いいんだグッジェ」

最後まで言わせずに、千畝が遮った。

「しかし…」

「君のことを信じているから」

それだけ言うと、千畝は列車へと急いだ。

「杉原領事」

後を追ったグッジェが、デッキを上がり、列車に乗り込んだ千畝をもう一度呼び止め、一冊のバインダーを差し出した。

「これをお持ちください」

千畝が旅行鞄をいったん置き、バインダーを受け取ると、グッジェは続けた。

「これはリストです。あなたが救った命のリストです」

千畝のグッジェを見つめる目に力が込もった。

「これがなければ、私は今も『いい人だ』と感謝される喜びを知らないままだったでしょう」

「グッジェ」

いつもクールだったグッジェの中には、こんなにも温かな心が宿っていたのだ。グッジエなら、この後もできる限りヴィザの発給を続けてくれるだろう。

「世界は一つの車輪です。今はヒトラーが上かもしれませんが、いつか車輪が回り、下になる日が来るかもしれません」

ドイツ系リトアニア人としてはギリギリの表現で、いつかナチスによる支配が終わりを告げるであろうことをほのめかすグッジェに、千畝の心もまた大きく揺さぶられた。

「いつか車輪が回ったとき、お互いに悔いのなきよう努めよう」

「そうですね領事」

ポ――――――ッ。

最後の汽笛が鳴り、列車の車輪が回り始めた。

「必ずそうします」

グッジェの誓いを列車のデッキから身を乗り出して聞き届けた千畝に、大勢のユダヤ難民たちが手を振って別れを惜しんでいた。速度を増していく列車を最後まで見送ると、グッジェは千畝から託されたヴィザ発給を続けるために、スタンプの入った箱を手に駅舎へと戻っていった。


汽車の座席に座ると、千畝はグッジェから受け取ったバインダーをそっと開いた。一枚一枚、ページをめくる千畝の手元を、隣に座っている次男の千暁が覗き込んでいる。

「ねえ、お父さん。僕たち、次はどこに行くの？」

向かいに座っている長男の弘樹が尋ねると、

「ベルリンだよ」

千畝がページをめくる手を止めて答えた。

「ベルリンー？」

聞き慣れない地名に、弘樹が聞き返すと、

「ああ。ドイツへ行くんだ」

千畝が再び手元のバインダーに目を戻すと、さっきまで不安そうな表情を浮かべていた幸子の顔に、ようやく笑みが戻った。

3.

一九四〇年九月。ベルリン。外壁の中央に日本の日の丸、左にナチスドイツ、右にイタリア王国旗が掲げられた日本大使館の前に、車が横付けにされた。まず、背広姿の千畝が、次いで駐ドイツ大使の大島が降り立つ。千畝は、カウナスの次の任地であるベルリンで、上司である大島の下で大使館に勤めていた。大島は、背広ではなく軍服に身を包んでいる。

「ついに日本は、ドイツとイタリアと三国同盟を締結した。日本のアジア進出の準備は整いつつある」

車の中から続いていた大島の話は、歩きながらも続けられた。

「ドイツの勢いは止まらぬ。ルーマニア、ハンガリー、スロベニアも今年中にドイツの手中に収まるだろう」

がに股で館の中へと進む大島の口調は、ほとんど演説と言っていいほど高ぶった調子だ。

「果たしてドイツがそれだけで満足できるのでしょうか？」

「どういう意味だ？」

千畝と大島が、早口でやりとりを続けながら、大使館へと入っていく。

「私はドイツに侵略された国々を見てきました。ドイツを信用することは危険です。ヒトラーの欲望は、すでに歯止めが利かなくなっています。このまま東ヨーロッパをソ連と分割しただけで満足するとは思えません」

「何が言いたい？」

「私の推測ですが、ドイツはいずれ不可侵条約を破り、ソ連に侵攻します」

わき目もふらずに早足で部屋に入り、よどみのない動きで秘書に荷物を渡す大島。続いて千畝も上着を秘書に預ける。

「独ソが開戦だと？」

執務机の席には座らずに、立ったままの大島が千畝を睨みつけた。

「はい。もしそのようなことになれば、ドイツは日本のために動く余裕などありません。日本が単独でアジアへ侵攻すれば、アメリカと戦うことになる。アメリカと戦争する力が果たして日本にあるのでしょうか！」

ドン！

次第にヒートアップする千畝の質問を、大島は机をこぶしで叩くことで封じた。

「貴様は大日本帝国を愚弄する気か！」

「決してそのようなことは」

首を振る千畝に、

「東プロイセンに領事代理の席を用意した。ケーニヒスベルクに行け」

大島はそう冷たく言い放つと、ようやく席に腰を下ろした。まだまだ言いたいことはある。しかし、今言っても、大島は聞く耳を持たないだろう。ぐっとこらえて黙礼し立ち去ろうとした千畝の背中越しに、

「標的はソ連だ。ドイツではない」

大島が重ねて念を押すと、千畝はいったんは立ち止まった。しかし、やがて意を決したように無言で部屋を出ていった。

「ミスター・スギハラ。杉原さんじゃありませんか？」

部屋を出て、階段を足早に下りる千畝に背後から声をかけたのは、ドイツの秘密警察、

ゲシュタポの二人だった。

「華々しいご帰還ですか。ユダヤ難民の英雄の」

悪意に満ちたゲシュタポの嫌みに、千畝は苦笑を漏らすと、

「英雄？　誰かと勘違いなさっているようですね」

と軽くいなして立ち去ろうとした。

「英雄になるおつもりではなかったにせよ、これ以上のヴィザの発給はお控えになった方が賢明だ」

脅しとも取れるゲシュタポの挑発的な言葉に、

「ご忠告どうも」

背を向けたまま言い捨てる千畝だった。

その時期、ソ連では、多くのユダヤ難民が日本を目指して、ウラジオストクに向かうシベリア鉄道の列車に乗っていた。

やっとヴィザを手に入れてホッとしたのもつかの間、座席に座る難民たちは、列車の中

でも気が抜けなかった。なぜなら、車内ではソ連兵が平然と略奪を繰り返していたからだ。

「持ち物を寄こせ」

通路にやってきたソ連兵が、難民が背負った荷物に手を突っ込む。それを見たハンナの母親が、首から下げていたペンダントを密かに外した。ソ連兵に見つからないようにだ。

「お前もだ。金目のものがあるだろう」

ソ連兵は、老紳士の外套の襟首をつかんで脅すと、今度は子どもが大事に持っていたおもちゃまで奪った。次の獲物を探すソ連兵の目が、ハンナの母親を通り過ぎて、通路を隔てて斜め向かいに座る女性の手元に注がれる。

「それを寄こせ」

女性が握りしめていた懐中時計が、もぎ取るように奪われた。

「父の形見なんです！　返してください！」

「黙れ！」

悲しみに暮れる女性の肩を、隣に座る幼い息子が懸命にさすっている。

「持ち物を寄こせ！」

ソ連兵が隣の車両へと移っていくと、ハンナの母親は素早く女性の手を握り、

「どうかあきらめないで」

と励ました。宝物を奪われたからといって死ぬわけではない。とにかく、逃げて生き延びることが先決なのだ。


やがて列車は、シベリア鉄道の終点ウラジオストクに到着した。検問所では、ソ連兵が、ユダヤ難民たちのパスポートとヴィザを確認している。駅から出てきたハンナたちの番になると、ソ連兵は、書類とハンナの母親の顔を見比べた後に、「通れ」と促した。パスポートの不備にも気づかれず、無事に検問所を通過できたハンナ、アーロンと母親の次なる行き先は、港の乗船場だ。そこから日本に向かう船に乗ることができるのだ。

ところが、

「止まって！　申し訳ありませんが、戻ってください！」

乗船場では、旅行会社ＪＴＢの客船乗務員、大迫辰雄がユダヤ難民たちを押しとどめて

いた。

「日本国政府は、これ以上ユダヤ難民を受け入れません。この船には乗せられないんです」

「この通り、日本政府発行の通過ヴィザを持っているんですよ！」

ニシェリがヴィザの文字を大迫に示している。周りのユダヤ難民たちも、不安そうに大迫とニシェリのやりとりを見守っていた。しかし、大迫は、ヴィザに落とした視線を戻さずにうつむいたままだ。

そんな大迫を、じっと見つめる二つの瞳があった。幼いハンナだ。

「お気の毒ですが…」

絞り出すような声で謝る大迫に、ハンナの母親が、

「どうかお願いします」

と頼むが、大迫は、

「私にはどうすることもできません」

と答えるしかなかった。悲しげに見上げるハンナから、大迫は思わず目をそむけた。

その頃、ウラジオストクにある日本国総領事館では、外務省職員の鈴木が、領事代理である根井三郎の執務室のドアをノックしていた。

「失礼します。領事代理。また新たな難民が駅に到着し、こちらに向かっております」

鈴木の報告を聞いて、根井はため息を漏らした。

「またですか。それで、その者たちも？」

「ええ、全員、杉原領事代理発給の通過ヴィザを持っております」

根井は再びため息をつくと、席を立ち、窓から外を眺めながら鈴木の報告を聞いていた。

「しかし、本国がこれ以上、難民の受け入れを拒んでいる今、あの難民たちは力ずくでも追い返すしかありません」

語気を強める鈴木に、根井も静かに、

「そうですね」

と頷く。しかし、「では」と一礼して鈴木が部屋を出ていきかけると、

「待ってください！」

根井が呼び止めた。

「杉原領事代理の発給したヴィザであることに間違いはないのですね？」

「はい」

鈴木の返事を聞いて、根井は意を決したように席に戻ると、

「ビューローの大迫君を呼んでください」

とJTB客船乗務員の大迫を領事館に来させるよう命じた。根井の態度が急に変わったことを不思議に思いながらも、「わかりました」と鈴木は部屋を出ていく。

その間も、根井は、じっと何かを考えていた。


そうして、リトアニアにいたユダヤ難民たちがウラジオストク港で足止めを食らっていた頃、カウナスでは、ようやく出国しようと腰を上げたガノール一家が、駅に車を乗り付けたところだった。大きなスーツケースを手にしたガノールが、駅前にいる見張りのソ連の将校にヴィザを見せる。ところが、

「出国は認められない」

将校はそれだけ言ってヴィザを折り畳んだ。

「何だって？　そんなバカな。日本経由アメリカ行きのヴィザがあるんですよ？　出国する権利があるはずです」

ガノールが言い返すが、

「お前たちはすでにソ連国民だ。この紙切れに意味はない」

そう言うと、ソ連兵はヴィザをビリビリと破り捨ててしまった。破られたヴィザを、ソリーが慌てて拾っている。

「そんな…！　何を言っているんですか？　通してください！」

「今すぐ車に乗ってこの場を立ち去らないと撃ち殺すぞ！　行け！」

ガノールの言葉には一切耳を貸さず、将校はガノール一家を追い払うだけだった。

「ほら行け！　殺されたいのか！」

ソ連兵に追い立てられ、ガノールたちは、仕方なく乗ってきた車にもう一度乗り込んだ。

彼らは本当に、行くところがなくなってしまったのだ。

ウラジオストクに話を戻そう。その頃、総領事館では、ＪＴＢ客船乗務員の大迫が、領事代理の根井のもとを訪れていた。

「大迫さん、お待ちしておりました。どうぞお座りください」

「いえ、私はここで」

根井の勧めには応じず、大迫は、立ったまま荷物も降ろさずにいた。長居をするつもりはないという気持ちの表れなのだろう。

「そうですか」

根井はそれ以上、無理には勧めずに、話を切り出した。

「大迫さん、私はあなたにお聞きしたいのです。あなたは、彼ら難民をどう思われますか？」

この質問を予想していたのか、大迫はさほど動じずに一呼吸置いてから、

「私は、本国に妻と子どもを残してこの仕事をしております」

と語り始めた。

「仕事をやめるわけにはいきません。本国から拒否されている以上、船に乗せるべきでは

ない」

伏し目がちに、淡々と答える大迫は、決して根井と目を合わせようとせずに続けた。

「彼らは、お金も持っておらず、たとえ日本へ渡ったとしても、そこから出国することはできないかもしれません。まして彼らはユダヤ人です。助けなかったとしても、他国から責められることはないでしょう」

そこまで聞き終えると根井は立ち上がり、大迫に背を向けた。

するとそのとき、うつむきがちだった大迫が、つと顔を上げた。

「ただ…」

それまでと打って変わって、大迫の熱を帯びた声が執務室に響く。根井が振り返ると、

「ただ今日、彼らの中に、小さな子どもがおりました。その目はまるで…私の娘を見ているようでした」

込み上げる涙をこらえるために、いったんうつむいた大迫は、やがて顔を上げると、

「私は彼らを…救いたいです」

驚くほどきっぱりと言い切った。

大迫の本心を聞いた根井の目が、執務室の壁に飾られた写真に注がれる。それは、根井が学んだハルピン学院で撮られたものだった。中央に背広姿の千畝が、そして千畝を取り囲む学生の中に、根井も写っている。根井は、千畝の後輩だったのだ。

「『人のお世話にならぬよう、人のお世話をするよう、そして報いを求めぬよう』……私の母校の自治三訣です」

根井は、大迫のそばに歩み寄ると、

「大迫さん、私が全責任を負いましょう。彼らを船に乗せてください」

決意を込めて力強く断言した。

「はい！」

きりりと口元を引き締めた大迫の返事も、根井に負けないほど覚悟に満ちたものだった。

根井の決断によって、ユダヤ難民たちは、無事に船に乗れることになった。

ハンナとアーロンが、弾む足取りで階段状の桟橋を登っていく。ハンナ一家に続いて、多くのユダヤ難民たちが、港に係留された『天草丸』に乗り込んでいる。その表情はどれも晴れやかだ。

ウラジオストク総領事館の執務室では、千畝が発給したヴィザを手にした根井が、その筆跡を懐かしそうに眺めている。

「杉原領事はお元気でしたか？」

根井がそう尋ねた相手は、ユダヤ難民のニシェリだった。

「ええ。親切な方でした」

そう聞くと、根井は心の底から懐かしそうに思い出し笑いを漏らした。

「でしょうね。昔からそうでしたよ」

壁の写真から根井と千畝の関係を察したニシェリも笑った。

根井は、ヴィザを丁寧に折り畳むと、

「どうぞお気をつけて」

とニシェリを送り出した。

「ありがとうございます」

ニシェリが出ていく足音を聞きながら、根井はあらためて、自分の決断に一点の悔いもないことを確信していた。

翌一九四一年三月。ユダヤ難民たちを乗せた天草丸は、日本海を南に進んでいた。三月になっても海の風は冷たく、甲板にいるニシェリも、コートが手離せない。

やがて、水平線の向こうにうっすらと雪を頂いた山々が見えてきた。

「見えたぞ。日本だ。みんなに伝えてくれ」

ニシェリの言葉を受け、隣にいた仲間が船尾側にいる難民たちに向かって、

「日本が見えたぞ！」

と呼びかける。

男が、敦賀沖の方向を指さすと、ハンナや母親たちも、日本を見ようと立ち上がった。

ニシェリを先頭に、ユダヤ難民たちが船首へと集まり、初めて目にする日本の町をその目に収めている。

「ユダヤびとが望みは
遙か　いにしえより
シオンの地をめざすこと
いざ東へ向かわん」

一人の青年が『希望』という名のユダヤ教の讃美歌を歌い出すと、すぐに歌声の輪が広がった。ヴァイオリンもメロディーを奏で始め、やがて大合唱となると、大迫もたまらず立ち上がる。ハンナを腕に抱いた母親がアーロンに笑いかけ、椅子に座ったまま喜びに泣き崩れる老女もいた。大迫、ニシェリ、ハンナたち…それぞれの思いを乗せて、船は港に入っていった。

一九四一年五月。千畝は、ベルリンの次の任地となった東プロイセンのケーニヒスベルクにいた。

千畝の乗った車が木立の間を走り抜け、やがて幸子の待つ小高い丘へと着く。

「あなた」

パラソルを差して、夫の到着を今か今かと待ち構えていた幸子に、千畝が片手を上げて応えた。ペシュが、

「ずいぶんお待ちかねだったようですね」

と声をかけると、千畝も、

「そのようだな。悪いことをした」

と答え、すでにピクニックを始めていた弘樹や千暁たちに加わった。

「いいですか？　撮りますよ」

弘樹と千暁に寄り添い微笑む幸子を撮影しながら、ペシュは素早く千畝に目配せした。

「せっかくだから、記念写真を撮りましょうか」

「よし、写真を撮ろう」

ペシュの提案を受けて、千畝が家族や仲間を車の前に並ばせた。

「はい、それじゃ皆さん、こっちを向いて。いきますよ」

ペシュがカメラを構える。

「笑ってー」

シャッターを押すペシュに、千畝が小さく頷き、視線で合図を送る。ペシュの構えたカメラのレンズが、幸子たちからわずかに横にスライドし、背後の風景にズームした。そして素早くシャッターが切られたのだった。


ほどなくして、千畝は、大きく引き伸ばされた白黒写真を一枚一枚確認していた。

写真に写っているのは戦車。つまり、ピクニックのときにペシュが撮っていたのは、記念写真ではなく、遠く離れた場所で行われていた軍事作戦ということになる。千畝たちは、ピクニックと見せかけて、ソ連と国境を接しているケーニヒスベルクでの情報収集活動を行っていたのだった。


二人の情報収集は着々と進められた。

「間違いありません、センポ。これを見てください」

ある日、車で千畝と出かけていたペシュは、手に入れたばかりの情報を早速、千畝に報告していた。

「一日に十数台の列車が国境に向かっています」

列車のダイヤグラムを手にしたペシュの言葉を聞くと、千畝の決断は早かった。この事実を早く大島大使に伝えなければならない。

「ベルリンへ行こう」

「わかりました」

待ってましたとばかりにペシュが車を発進させる。早速一台の車が後ろからつけてきた。

「ゲシュタポだな」

「つかまっててください。撒きます！」

ペシュはそう言うと、素早くギアを切り替えた。スピードを上げ、ハンドルを切る。千畝たちの車とゲシュタポの車は、タイヤをきしませながらケーニヒスベルクの街でカーチェイスを繰り広げていた。容赦なくゲシュタポが撃ち込んでくる銃弾を避けながら、ペシュはスピードを緩めることなく、車を走らせる。

向こう側から車が走ってきた。ペシュは巧みなハンドルさばきでうまくかわしたのだが、ゲシュタポの車はそうはいかなかったようだ。急ブレーキをかけたその車の荷台の積み荷が道路に散乱すると、さすがのゲシュタポも、それ以上、千畝たちの車を追うことができなくなっていた。

ペシュはゲシュタポを撒くことに見事に成功したのだ。

「連日、十両を超える列車がベルリンからケーニヒスベルクへ向かっており、すでに国境付近には大軍が集結しています。六月二十日、その前後にドイツがソ連に侵攻することは間違いありません」

ゲシュタポの追跡を振り切り、千畝は無事にベルリンの日本大使館に到着した。

千畝から報告を受ける大島大使は、もう前回の軍服姿ではなく、スーツ姿に戻っている。

「私はソ連を調べろと命令したはずだ」

それだけ言うと、大島は執務机の席に着いた。

「閣下、これは推測などではありません。事実に基づいた証拠なのです」

千畝がダイヤグラムを目の前に置いても、大島の視線は動かず、ただ前を見据えている。

「この事実には、まだ世界のどの国も気づいておりません。今ならば、日本はいち早く対策を取ることができます」

熱のこもった説得を続ける千畝に、大島はちらっと視線を走らせただけだった。

一九四一年六月二十二日。ソ連に占領されていたリトアニア・ヴィリニュスの街には、ナチスドイツの旗が翻り、ドイツ国防軍の戦車が兵士と共に列を作って行進していた。道路わきに詰めかけた人々もナチスドイツの旗を手に歓声を上げ、ソ連の占領を終わらせてくれたドイツ軍を歓迎している。

千畝が予想した通り、ドイツ国防軍が独ソ不可侵条約を破って、突然、ソ連へと侵攻したのだ。

ベルリンの日本大使館では、大島大使が執務室の窓に向かっていた。後ろに控えている千畝に背を向けたまま、

「東京から返信が来た。『貴重な情報に感謝する。これからも情報収集を続けるように』」

とだけ言って、沈黙する。

「それだけですか？」

「それだけだ」

「閣下。独ソが開戦することがわかった今、このままアジアへの侵攻を続けることは、アメリカとの戦争へとつながる自殺行為です。閣下も同じお考えでしょう？」

千畝の必死の言葉に、一瞬、大島の顔が悲しげにゆがんだ。しかし、すぐに表情をいつもの仮面のような無表情に戻すと、

「本国が決めたことだ。日本は動かん」

大島はそう言い放った。千畝の表情に絶望的な色が浮かんだ。


ドンドンドンドン！

「開けろ！」

ヴィリニュスに続き、カウナスも占領したドイツ軍の兵士が、ガノール一家のアパートのドアを叩いている。

「一体、何の用ですか？」

ガノールがドアを開けると、ドイツ兵はガノール一家に外に出ろと命じた。

「行け」「さっさと歩け」「早くしろ。止まるな！」

ドイツ兵に追い立てられ、アパートを追い出されるユダヤ人たちと入れ違いに、銃を持ったドイツ兵たちがアパートの上階へと上っていく。アパートから出されたユダヤ人たちは、門のところで男女に分かれさせられた。

「男は向こう！　女子どもはこっちだ！」

ガノールも家族と離され、男たちだけが荷台に乗せられているトラックへと追われた。

「あなた！」

ガノールの妻が声を上げると、

「待ってくれ」

いったん荷台に乗り込もうとしたガノールが、トラックを降りて、妻やソリーが乗せられたトラックへと歩き出した。制止するドイツ兵の声よりも、

「お父さん！」

ソリーが自分を呼ぶ声に導かれ、ガノールは連れ去られようとしている家族のもとへと駆け寄る。制止を聞かなかったガノールを、ドイツ将校の鋭い視線が捉えた。

「撃て！」

パン！

ドイツ将校の命令によって、ドイツ兵が構えた銃から銃弾が放たれ、ガノールの背中に命中した。夢中で父を呼んでいたソリーの目が驚きと悲しみに見開かれる。

パン！

二度目の銃撃で、ガノールはその場に崩れ落ちた。

「お父さん！　お父さーん！　お父さぁーん！」

ソリーたちを乗せたトラックが走り出す。遠ざかるソリーの悲痛な声を、ガノールが耳にすることはもうなかった。なぜなら、そこに残されていたのは、息絶えたガノールの亡骸だけだったのだから。

この時代、ヨーロッパには、ガノール一家のような家族が大勢いた。住む家や街を追われ、強制的に収容所に連行され、やがてその多くが殺されたのだ。

　第二次世界大戦中、ナチス・ドイツによって虐殺されたユダヤ人の数は六百万人を超えると言われている。


　一九四一年十二月になると、ベルリンの上空にも爆撃機が飛来してきていた。日本大使館の執務室では、大島大使が窓の外に舞い落ちる雪をじっと見ている。

「杉原、やはり君は昔から変わらぬ大馬鹿者だ。ソ連侵攻の情報が流出したと知ったドイツは、大慌てで君の国外退去を勧告してきた」

　そこまで言うと、大島は後ろに控えている千畝に向かい直って、

「杉原、次の任地はルーマニアだ」

と告げた。

「ルーマニア…そこで私は」

「何もするな。それが命令だ」

千畝の言葉にかぶせるように大島が言い渡したそのとき、執務室の灯りが消えた。窓の

外から轟音が響いてくる。空襲が始まったのだ。

「閣下」

大使館の職員が大島に避難を促すが、大島は、

「行け」

とだけ言い、その場を動かなかった。職員たちが荷物をまとめて大急ぎで逃げようとしている中、千畝もまた、その場に留まり続けていた。

「なぜ本国は未だに動こうとしないのでしょうか？　我々は命をかけて情報を集めてきました。それは無駄だったということでしょうか」

「無駄などではない」

千畝の問いにきっぱりと答えた大島に、

「ではなぜ！」

千畝は思わず声を荒らげた。暗闇の中でうつむいていた大島が、顔を上げ、千畝を見る。

我に返り、冷静さを取り戻した千畝の耳に、投下された爆弾が炸裂する音が聞こえてきた。

「教えてやればよいのです。破竹の快進撃を続けるドイツの首都が、何故このような目に

遭っているのかを！　国力の乏しい国が無節操にはやるとどんなことになるのかを！」

事実、ベルリンは今こうしてソ連やイギリスからの攻撃を受け、ソ連侵攻後、みるみるうちに疲弊していた。次第に激高し、最後はほとんど怒鳴り声となった千畝の必死の進言に、大島はただ耳を傾けていた。やがて、これ以上言っても仕方ないと悟った千畝は、下唇を噛み締め、口惜しさを押し殺すしかなかった。

「失礼いたします」

一礼して部屋を去りかけた千畝を、

「杉原」

大島が呼び止めた。

「君はどう思う？　この戦争、どうなると読む？」

背中越しに投げかけられた質問に、千畝は振り返ると、

「日本はアメリカに戦争を仕掛け、そして負けます」

と断言した。反論しない大島に、

「日本は世界でこれまでにないほどの痛手を受けるでしょう。それは無数の人の命が失わ

れるということです」

なおも続けると、千畝の語った悲惨な見通しに、大島の顔にも哀しげな色が浮かぶ。

「あくまでも私の推測でしかありません」

と結んだ千畝に、大島はしばしの沈黙の後、

「ただ、私は知っている。君の推測は、いつも正しいと」

大島も千畝と同じことを考えていたのだ。そして、その残酷な未来は、もはや変えることはできないと絶望している。千畝の顔が、口惜しさにゆがんだ。

「とても残念だ」

これが大島の嘘偽りのない心の内だった。

「はい」

これまでのような皮肉や嫌みを一切含まない、大島の本当の気持ちに、千畝は初めて触れたのだ。

執務室を出て、階段を下りていく千畝の耳に、外から爆撃音がとどろく。今こうしている間にも、ベルリンの街は大変な被害を受けているのだ。大島は、そんな中でも、身じろ

ぎさえせずに、ただ茫然と机の前で立ち尽くしていた。

「臨時ニュースヲ申シ上ゲマス。臨時ニュースヲ申シ上ゲマス。大本営陸海軍部、十二月八日午前六時発表、帝国陸海軍ハ今八日未明、西大平洋ニ於イテ、アメリカ、イギリス軍ト戦闘状態ニ入レリ。帝国陸海軍ハ今八日未明、西大平洋ニ於イテ…」

一九四一年十二月八日　真珠湾攻撃。

ラジオが日米開戦を告げていた。

二年の月日が過ぎ去った一九四三年二月。千畝は赴任先のルーマニアの首都ブカレストにいた。

街角のカフェから千畝とペシュが出てくる。長い間、共に諜報活動を行ったこのペアも、この日を最後にそれぞれの道を進むことになったのだ。

「それじゃ、ここでお別れにしましょう」

「そうだな」

「気をつけてください。あなたはソ連とドイツだけじゃなくて日本からも睨まれてる」

車へと進みながら、ペシュが千畝に忠告すると、

「そのようだな」

千畝は苦笑した。

「あんな状況でヴィザを出したのがアダになりましたね」

「そうかもしれない」

「君は…ポーランドへ帰るのか」

「ええ。戦います。こうしている間にも、仲間の命が失われていますから」

そう言い切るペシュの瞳には、それまでの冗談交じりの調子とは打って変わって、強い決意の色が表れていた。

「そうか」

「センポ、あなたは外交官としては最低でした」

車に乗り込んだペシュが、運転席の窓から千畝に語りかけた。いつも通りのペシュの皮肉に、千畝がくすりと笑う。

「しかしながら、友人としては最高でした。ポーランド人を代表してお礼を言います」

実にペシュらしい心の込もった感謝の言葉が、千畝の心に響いた。車を出そうとするペシュを押しとどめ、運転席を覗き込みながら千畝が、

「ペシュ。くれぐれも無茶なことをして死ぬなよ」

真剣に念を押すと、

「笑って・・・」

ペシュはいつもの決めゼリフを最後に、車を走らせた。

千畝はといえば、ペシュに言われた通りに微笑んだ後、手にしていた帽子を被り、見慣れたペシュの車が遠ざかるのを見届けたのだった。


その頃、千畝たち一家が住むルーマニア在ブカレスト公使館では、幸子が翌日のパーティーに着ていく着物を選んでいた。テーブルには、前年のガダルカナル決戦を報じる日本の新聞や、軍服に身を包んだ子どもを表紙にした雑誌が雑然と置かれている。千畝は、普段から敵国であるアメリカの雑誌にも目を通して戦況を把握していたのだ。

「あ、お帰りなさい。今日も早かったのね」

帰宅した千畝に気づき、幸子が着物を選ぶ手を止めた。

「ああ…」

椅子に腰かけた千畝が、幸子の手にしている着物に目を留めると、

「明日のパーティーに、どれを着ようかと思って」

華やいだ表情で幸子が答えた。

「そうか、明日か」

「公使館の方も来られるのでしょう？」

「そうみたいだね」

千畝はそれだけ言うと、テーブルに置かれていた新聞を手に取り、読み始めた。

「そういえば最近ペシュさんは？」

幸子がふと思い出したように尋ねる。

「ポーランドに帰ったよ」

千畝はごく軽い調子で答えた。

「そう。元気でいらっしゃるといいですね」

着物を選ぶ手を止めずに続ける幸子に、千畝は、

「もう帰っては来ないだろう」

と返した。沈んだ声に、幸子がハッと振り返ると、千畝は何も言わずに手にした新聞に目を戻す。千畝だけが、ペシュがこれからどんな戦いに身を投じるかを知っていたからだ。


翌日。ルーマニアのペレシュ城の大広間では、着飾った男女が、軽やかな音楽に合わせてダンスを踊っていた。バーカウンターでグラスを手にした千畝がダンスフロアに目をやると、髪をアップにした着物姿の幸子が、軍服を着た男性と踊っている。着飾った幸子は、今も出会った頃のように初々しく美しい。ドレスアップした他の国の夫人たちにもまったく引けをとらない堂々とした立ち居振る舞いで、そこだけ光が差しているかのようだ。

その光景をしばらく眺めていた千畝は、やがてカウンターを離れると、幸子のもとへと一直線に歩み寄った。ちょうど男性と踊り終えた幸子が千畝に気づき、微笑みかけると、

「一曲お願いできますか？」

あらたまった調子で千畝がダンスを申し込む。その千畝の声も、青年の頃のように若々しく張りがあった。

「喜んで」

互いに手を取り合い、二人は『ドナウ川のさざ波』に合わせて踊り始めた。何組かの男女のペアが、二人を中心に回りながらワルツのステップを踏んでいる。

「久しぶりね。あなたと踊るなんて」

「結婚して何年になる？」

「え？」

ヴァイオリンが、優美だが物悲しいメロディーを奏でている。

「君は変わらないね」

「あなたも変わらないわ。杉原千畝さん」

懐かしい呼び名を耳にして、胸に熱いものがこみあげた千畝は、思わず幸子を抱き寄せた。何も言わずにただ幸子をぎゅっと抱きしめている千畝に、初めは驚くだけだった幸子も、やがてそっと千畝の背中に手を回して、千畝に体を預けた。じっと抱き合ったままの二人の周りで、音楽とダンスだけが、ただ続いていた。


それからの日本は、千畝が予測していた通りに、敗戦への道を突き進んでいった。

一九四四年六〜七月。サイパンの戦い。日本軍全滅。

一九四五年三月一七日。硫黄島玉砕。

一九四五年三〜四月。東京大空襲。

一九四五年四〜六月。沖縄特攻作戦発令（菊水作戦司令）。


一九四五年五月二日。ドイツ南部のダッハウ強制収容所に、一台のジープが到着した。ボンネットに、アメリカ陸軍のシンボルである星のマークがある。

「おいタナカ、調べろ」

雪に覆われた地面を慎重に踏みしめ、兵士たちが、倒れている収容者のもとへと歩を進めた。収容者たちは、ナチスに捕えられ、この収容所に送られたユダヤ人だった。この時期、多くのユダヤ人が、他の収容所からここに集められていたのだ。

雪に埋まっている人、敷地に停まっている列車の中から身を乗り出している人…兵士たちが、収容者たちが皆すでに亡くなっていることを確認していく。

一人の兵士が、雪が盛り上がっている箇所を見つけ、手で雪をかき分け始めた。ほどなくして、青白い少年の顔が現れる。兵士が頬に手を触れると、わずかに瞼を開きかけた。

まだ生きているのだ！

「大丈夫かい？」

兵士が手を差し伸べる。かすかに目を開いた少年の視界いっぱいに、優しい瞳で覗き込む千畝の笑顔が広がっている。

「センポ？」

おぼろげな意識の中で少年が発したのは、千畝の名前だった。

少年はガノールの息子、ソリー。目の前で父を殺され、母と一緒にこの収容所に連れてこられたソリーだった。

「安心しろ。もう大丈夫だよ」

ソリーは、自分を救ってくれたアメリカ陸軍日系部隊の兵士を、千畝と見間違えたのだ。

こうしてソリーは一命をとりとめ、ガノール一家の生き残りとなった。
そしてこの日、アメリカ陸軍日系部隊が、ダッハウ強制収容所を解放したのだった。

この後、他の強制収容所も次々に解放されていった。収容所の所長や守衛部隊は処刑され、収容者たちは解放されて、収容所には誰もいなくなった。残ったのは、収容所の入り口に掲げられたナチスドイツのトレードマークである鷹の絵と、「労働は人間を自由にする」というスローガンだけだった。

一九四五年五月七日にドイツが連合国に降伏。

一九四五年八月。ルーマニアは、ドイツの降伏後、ソ連に侵攻され、占領されていた。千畝一家もソ連軍に捕えられ、捕虜としてソビエト軍捕虜収容所に収容されていた。
その軍捕虜収容所のゲートを、赤いソ連の国旗を掲げた車が通過した。車がレンガ造りの建物に到着したそのとき、建物から千畝たちが出てきた。心持ちやつれた千畝のもとに、車を降りたソ連の将校がやってくる。

「スギハラ」

「はい」

「手紙だ。日本がポツダム宣言を受け入れて降伏したそうだ」

一九四五年八月六日、そして八月九日、広島と長崎に落とされた原子爆弾によって、日本は、これまでにないほどの壊滅的な被害を受けた。千畝が予想していた通りの悲惨な結末が、結果的に日本にポツダム宣言の受諾を促すきっかけとなったのだ。

思わず表情を強張らせる千畝に、若い将校は、親しみを込めて微笑んだ。

「やっと帰れるな」

長い間、祖国を離れていた千畝に労いの言葉をかけると、将校は、ソ連軍の礼式に則って姿勢を正す敬礼をしてから去っていった。それは、かつて在ルーマニア公使を務めた千畝に対して、敵兵であるソ連兵たちも一定の敬意を払っていたことを意味していた。

少し離れたところから見守っていた幸子が、

「では、戦争は終わったんですね」

茫然と佇む千畝に歩み寄ってそう言うと、

「いや…負けたんだ」

千畝は絞り出すように呟いた。

うつむき、じっと涙をこらえる千畝を目にして、幸子は足早に子どもたちのもとへと戻っていく。

「さあ、向こうでみんなで遊びましょ」

子どもたちを遠ざけ、千畝を一人にしてあげるための幸子らしい配慮だった。

千畝は、受け取った手紙を握りしめると、建物に囲まれた中庭を横切って、敷地の中にある小高い丘に向かった。そして、よろよろと階段を上がり、丘の上に着くと、もどかしげに手紙の封を切った。

〈この手紙が無事に届くことを祈ります。そしてあなたとご家族が無事でいることを。カウナスであなたが私たちにしてくれたことは一生忘れません〉

それは、イリーナからの手紙だった。

イリーナは、アメリカのホテルの一室でこの手紙をしたためたのだった。

〈実はあなたにお詫びしなければならないことがあります。あのとき『私の夫』として紹介したあの男性は、科学者でした。アメリカに渡ったあと、彼を含めた亡命科学者たちは、研究に没頭しました〉

――千畝のヴィザのおかげでアメリカへの亡命を果たした科学者は、アメリカの街を自由に闊歩していた。その表情は、カウナスのロシア正教会で千畝に見せた、おどおどとした態度とは打って変わって、実に晴れ晴れとしている。

〈しかしながら、ただの研究では時代が許してくれませんでした。彼らの研究は戦争に利用されてしまったんです〉

千畝は収容所の丘の上を歩きながら、手紙を読み続けた。

〈皮肉なようですが、それは同時に、彼らが他の数え切れない命を救ったということかもしれません〉

――無事にアメリカに渡ったのは科学者だけではなかった。ニシェリもまた、アメリカの街角のカフェで、タバコを吸いながら、日本について書かれた本を読んでいる。店の外で歓声が上がり、ニシェリが顔を上げると、外では人々が、終戦を祝っていた。

イリーナの手には、千畝の発給したヴィザがある。千畝の手書きの筆跡を、イリーナが愛おしそうに指でなぞる。

〈最近、私はしみじみと感じています。あなたがいかに大勢の命を救ってくれたかということを。あなたのヴィザのおかげで何百、いえ、何千という人々が生き延びました〉

——ローゼンタールとエスターもやはり、アメリカに渡っていた。ローゼンタールはすっかり年老いて、杖とエスターの支えなしでは歩けなくなってしまったが、その代わりに成長したエスターが、「今度は私がおじいちゃんを助ける番」とばかりに、しっかりとローゼンタールに寄り添っている。

〈その人たちは世界中に散らばって、今も人生を謳歌しているんです。それはきっと未来へとつながっていくことでしょう〉

——イスラエルに安住の地を見つけたユダヤ人たちもいた。すっかり大きくなったハンナと頼もしくなったアーロン、そして母親もまた、居場所を得て、この地に根を下ろして生きていくことを決めていた。

——ソリーは、ドイツの病院でベッドに横たわっている。収容所で雪の中からソリーを救い出してくれたタナカが見舞いに来て、ソリーのコレクションである切手を手渡すと、ソリーはまだ痛々しい傷跡の残る顔に、あの人懐っこい笑みを浮かべた。

――リトアニアのカウナスでは、ヤンがオランダ領事館の中を片づけていた。床に落ちていたフィリップス社の看板を拾い上げ、しばし見つめて、ふうとため息をつく。

――ソ連のウラジオストクでも、領事の根井とＪＴＢの大迫が領事館の片づけに追われていた。根井が段ボールにハルピン学院時代の写真をしまっている。

――ドイツ大使だった大島は、留置所にいた。日独伊三国同盟を推し進めた罪で、戦争犯罪者として捕えられたのだ。その深く沈んだ表情が、自らの責任を重く受け止めていることを雄弁に物語っていた。

――そしてカウナスの日本領事館跡には、グッジェが一人佇んでいた。柵をつかんで懐かしそうに領事館の建物を眺めるグッジェだったが、新たにこの家に住んでいるリトアニア人の親子が玄関から出てくると、そっとその場を立ち去った。

〈人は、人との出会いで変わることができます。あなたは、出会った人々の人生を変えました。そして、彼らと出会ったことで、あなた自身も変わったのでしょう〉

——ポーランドでは、がれきの中で泣いている一人の少女がいた。そばではまだ火がくすぶっている。

「お嬢ちゃん、大丈夫かい？」

少女に気づき、足を止めて声をかけたのはペシュだった。ペシュは、何も答えない少女の涙を拭いてやると、その体を軽々と抱き上げた。それでも泣くのをやめない少女に、ペシュは、いつもの決めゼリフで思いっ切り陽気に語りかけた。

「笑ってー！」

思わずくすりと笑う少女のおでこにキスをすると、ペシュは少女を下ろし、その手を引いて歩き始める。この子が、戦争で家族を亡くしたペシュの新しい家族になるのかもしれない。

〈センポ。あなたに助けられた彼らのひとりひとりに代わって、言います。
本当にありがとう。

心から感謝しています〉

千畝は、その場にじっと立ち尽くしたまま、イリーナの感謝の言葉を噛み締めた。そんな千畝を、幸子は少し離れたところから見守っていた。

スーツケースのバンドを閉め、荷物をまとめ終わったイリーナは、鏡に向かって、身支度を整えた。鏡に映ったイリーナは、ブロンドの髪をつややかに揺らし、唇にはくっきりと赤い口紅が引かれている。ハルピンやカウナスにいた頃とは別人のようだ。

〈私もあなたのように、悔いのない生き方を探し続けるつもりです〉

イリーナは、スーツケースを手に部屋を出て、ホテルの外に足を踏み出した。鮮やかなブルーのワンピースに、グレーのコートを羽織るその姿は、これから自分の人生を自分の手で切り開こうとしているイリーナの決意を表しているようでもあった。

〈きっとできると信じています〉

さまざまな人種、国籍の人々が行き交う雑踏を、イリーナは確かな足取りで進んでいく。

千畝も、イリーナの手紙をそろそろ読み終えようとしていた。

〈あなたの名前を、私は一生、忘れないでしょう。その名は……〉

ちょうどそのとき、

「千畝さん」

背後から幸子が呼びかけた。千畝が手紙をしまってから、幸子がゆっくりと近付く。

「あの子たち、待ちくたびれてますよ」

「ああ」

千畝と幸子が丘の下を見下ろすと、収容所の庭で弘樹や千暁が、友達や大人たちとピクニックを楽しんでいる。千畝に気づいた弘樹が、丘に駆け寄り、千畝を見上げて尋ねた。

「ねえお父さん！　僕たち、次はどこに行くの？」

「どこに行きたい？」

千畝が逆に問い返すと、弘樹は、

「んー、日本！」

「どうして？」

「だって行ったことないもん！」

それだけ言うと、弘樹は友達の方へと駆け出した。

「ふふふ…」

「どうした？」

幸子が笑い声を立てたので千畝が尋ねると、幸子はしみじみと噛み締めるように呟いた。

「なんだか…初めて本当にピクニックに来たみたいですね」

確かに、これまでの杉原家のピクニックは、ピクニックに見せかけた諜報活動ばかりで、とても心の底からリラックスできるようなイベントではなかった。しかし戦争が終わった今、ようやく何の緊張も心配もなく、思い切りピクニックを楽しむことができるのだ。千畝が見下ろしている庭では、かつては敵と味方だったさまざまな人種の人々が、共に笑い、同じ鍋から料理を分け合って、大人も子どもも入り交じってサッカーを楽しんでいる。

その姿を見て、千畝も、終戦によって平和が訪れたことに初めて気づいたのだった。

「そう…そうだね」

千畝の腕に自分の腕をからませた幸子は、千畝の肩に頭をもたせかけた。二人の後ろ姿は、婚約中に日比谷公園で寄り添ったときと何も変わらない仲睦まじさだった。

杉原千畝は、カウナスにおいて、二一三九枚のヴィザを発行したと言われている。

エピローグ

　一九六八年十月。ソ連の首都モスクワ。街の中心部にある赤の広場を一人の初老の男が歩いていた。ハンチング帽を被り、少し肩を落として、ゆっくりとした足取りで石畳を進んでいる。

　千畝だ。

　その千畝を、背の高い男が呼び止めた。

「センポ？　センポ！　杉原センポさんですね？」

　振り返った千畝に、その男は、

「やっと見つけました。二十八年間、ずっと捜していました」

と静かに語りかける。

「あなたは？」

　千畝は、目を細めて相手の顔を覗き込んだ。

「ニシェリです。ほら、カウナスであなたに助けていただいた」

「ニシェリさん？」

千畝の顔がほころぶ。領事館で握手をしたニシェリのことをようやく思い出したのだ。

「そうです、ニシェリです」

二人はがっちりと二度目の握手を交わした。

「あなたにお礼を言いたくて、ずっと捜していたんです。日本へ行ったら、あなたが外務省を追われたと聞いて申し訳なくて……」

ニシェリが、許可なくヴィザを発給したことで千畝が外務省を退職しなければならなくなったことを詫びると、千畝は、柔らかな笑みをその顔に浮かべた。

「いやいや、あれでよかったんですよ。今は、小さな貿易会社におりましてね。そのおかげでモスクワに来ることもできました」

その言葉には、一度は入国を拒否されたソ連で働くことができる喜びが溢れていた。

ニシェリが千畝を促し、並んで歩き始める。

「ようやくご自分の居場所を見つけられたんですね」

と語りかけるニシェリに、千畝は、

「いやいや、私の目指す世界はまだずっと遠くにあるんですよ」

ごくやんわりと、しかしきっぱりと否定した。

千畝の目は、これまでにもそうだったように、国や人種の境界線を遥かに越えて、もっと先の未来を見据えようとしていた。

「私は今でも世界を変えたいと思っているのです」

一九八五年一月十八日。イスラエル政府より「諸国民の中の正義の人賞」受賞。
一九八六年七月三十一日　永眠（享年八十六歳）。
二〇〇〇年十月十日　外務省が公式に杉原千畝の功績を顕彰。
杉原千畝の発行したヴィザで救われた人々の子孫は、現在四万人以上生存している。

【おわり】

この小説は、映画『杉原千畝 スギハラチウネ』の物語に沿ったノベライズで、
史実とは必ずしも一致しません。

資料編＊その1

杉原千畝年表

杉原千畝の誕生から没後記念碑建立までを世界で起こった事例と共に年表で紹介。

年	杉原千畝のできごと	日本（世界）のできごと
1900	1月1日　岐阜県加茂郡八百津町で誕生。	パリ万国博覧会開催。
1904		日露戦争が始まる。（〜1905年）
1905		ポーツマス条約締結。
1906	4月　三重県桑名町立桑名尋常小学校に入学。岐阜県中津町立中津尋常小学校へ転校。	南満洲鉄道（満鉄）が設立。
1907	名古屋市古渡尋常小学校へ転校。	ハルピン（満洲）に日本総領事館開設。
1912	3月　古渡尋常小学校を「全甲（今のオール5）」の成績で卒業。	中華民国成立。
	4月　愛知県立第五中学校に入学。	
1916	家族が京城（現在の韓国・ソウル市）に引っ越したため、単身学校へ通う。	
1917	3月　第五中学校を卒業。	ロシア革命が起こる。
	父の転勤先の京城へ。京城医学専門学校の入試で白紙の答案を提出。	
1918	4月　早稲田大学高等師範部英語科予科に入学。	第一次世界大戦終わる。
1919	7月　外務省留学生採用試験に合格。	ベルサイユ講和条約締結。
	10月　外務省ロシア語留学生としてハルピン（満洲）へ。	

杉原千畝年表

年	杉原千畝のできごと	世の中のできごと
1921	母・やつが亡くなる。	
1923	日露協会学校（後のハルピン学院）特修科を終了。	関東大震災起こる。
1924	2月　外務省書記生として在満洲軍領事館勤務。12月　在ハルピン総領事館に勤務。	
1931		満洲事変起こる。（～1933年）
1932	6月　満洲国外交部特派員公署事務官として勤務。	満洲国建国。
1933	北満鉄道を買い取るためにソ連と交渉をする。	日本、国際連盟脱退。
1934	8月　満洲国外交部政務司我国科長兼計画科長となる。	ヒトラーがドイツ総統になる。
1935	満洲国外交部を辞め、外務省に復職。	ドイツ・再軍備宣言。
1936	菊池幸子と結婚。 長男・弘樹が誕生。	日独防共協定締結。
1937	フィンランドのヘルシンキ日本公使館へ二等通訳官として赴任。	日中戦争始まる。（～1945年）
1938	次男・千暁が誕生。	日本、国民総動員法を公布。
1939	リトアニアのカウナスに日本領事館を開設。領事代理になる。	第二次世界大戦開戦。（～1945年）
1940	三男・晴生が誕生。 7月　ナチスから逃れてきたユダヤ人難民にヴィザの発給を始める。 9月　プラハ（チェコ）の日本総領事館に赴任。	日独伊三国軍事同盟を締結。 ソ連、リトアニアを併合。
1941	3月　ケーニヒスベルク（ドイツ・東プロイセン）の日本総領事館へ赴任。	太平洋戦争始まる。（～1945年）

年	できごと	世界・日本のできごと
1941	12月 ブカレスト（ルーマニア）の日本公使館へ一等通訳官として赴任。	日ソ中立条約を締結。
1942		ヒトラー、ユダヤ人絶滅計画を命令。
		アウシュビッツ収容所でユダヤ人大量虐殺始まる。
1943	3月 三等書記官となる。	イタリアが連合国軍に降伏。
1945	8月 ブカレストのゲンチャ捕虜収容所に収監。	4月 ヒトラー自殺。
		5月 ドイツが連合国軍に降伏。
		8月 日本が連合国軍に降伏。
1946	シベリア鉄道で日本へ向かう。	日本国憲法公布。
1947	4月 ウラジオストクから船で博多港に到着。	六・三・三・四制教育始まる。
	6月 外務省を退官。	
	三男・晴生が亡くなる。	
1948	幸子の妹・節子が亡くなる。	イスラエルが建国される。
1949	四男・伸生が誕生。	東西ドイツ分断。（1990年に統一）
1950		朝鮮戦争始まる。
1951	父・好水が亡くなる。	サンフランシスコ講和条約調印。
1956	科学技術庁情報センターに勤務。	日本、国際連合に加盟。
1960	川上貿易（株）の事務所長としてモスクワへ。	

杉原千畝年表

年	杉原千畝	世界の出来事
1961		ベトナム戦争始まる。
1964		東京オリンピック開催。
1965	国際交易（株）のモスクワ支店代表となる。	イスラエルとドイツが国交を結ぶ。
1968	8月　ユダヤ人難民だったニシュリとイスラエル大使館で再会。	
1969	9月　イスラエルでバルハフティック宗教大臣と再会、勲章を受章。	アポロ11号月着陸に成功。
1975	国際交易（株）を退社。モスクワより帰国。	アメリカから沖縄返還。
1985	1月　イスラエル政府から「諸国民の中の正義の人」賞（ヤド・バシェム賞）を受賞。	
1986	7月31日　鎌倉にて永眠（享年86歳）。	ソ連・チェリノブイリ原子力発電所事故。
1991	リトアニアの首都ヴィリニュスに「スギハラ通り」ができる。	ソビエト連邦解体。
1992	岐阜県八百津町に「人道の丘公園」開園。	
1998	イスラエルで杉原千畝の記念切手発行。	インド・パキスタンが核実験。
2000	日本で杉原千畝記念切手が発行。	第26回主要国首脳会議（沖縄サミット）が開催される。
	杉原千畝生誕百年を記念して「人道の丘公園」に「杉原千畝記念館」が竣工。	
	名古屋市立平和小学校に「ちうねチャイム」ができる。	
	外交史料館に杉原千畝を称える顕彰プレートが設置される。	ソ連、リトアニアを併合。
2001	リトアニアの旧日本領事館が「杉原記念館」として公開される。	アメリカ同時多発テロ発生。
	早稲田大学がヴィリニュスに桜の木を植え、杉原千畝の記念碑を建てる。	

資料編＊その2

外交官・杉原千畝がたどった足取り

杉原千畝が実際にたどった代表的な都市を地図で記した。千畝がいかに世界中を回ったかがわかる。

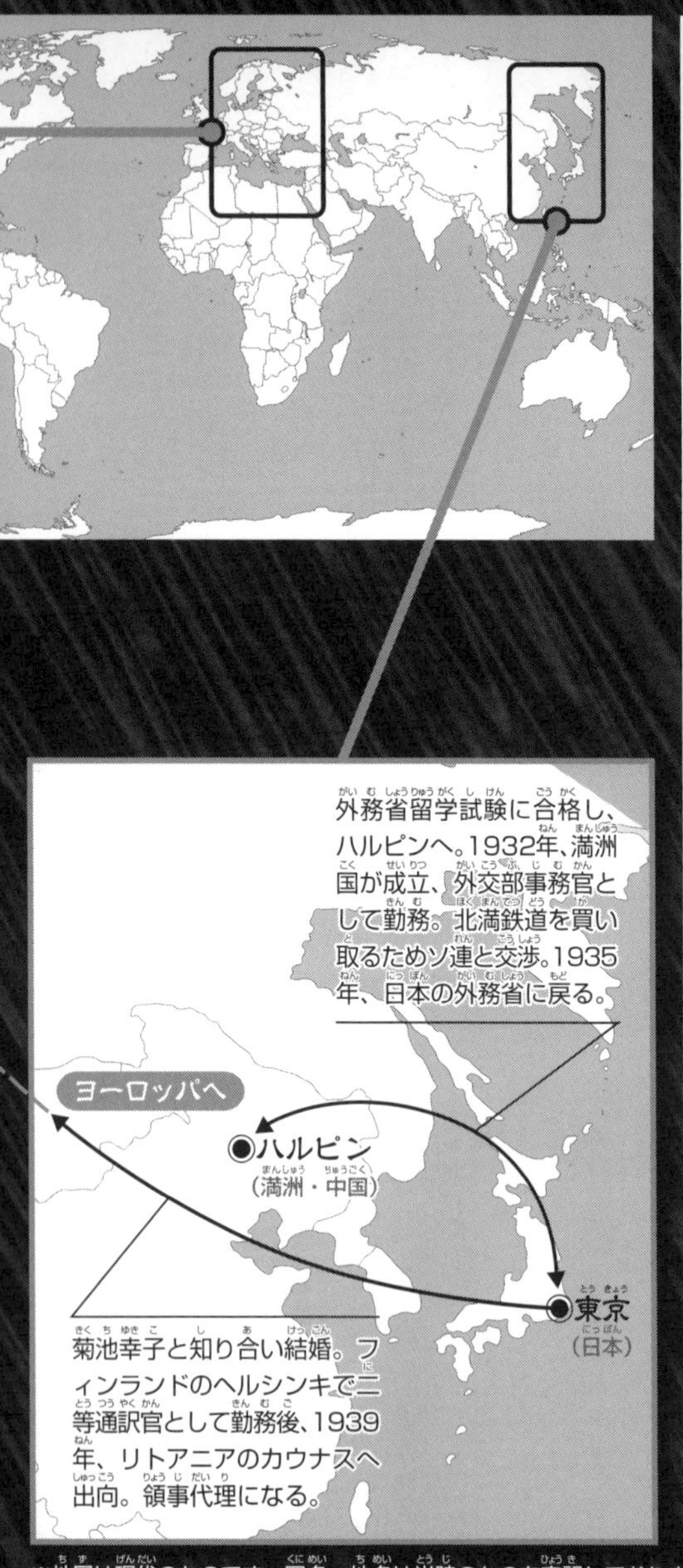

※地図は現代のものです。国名・地名は当時のものを表記しております

リトアニアからドイツのベルリン、チェコのプラハを経て、1941年、ケーニヒスベルクに赴任する。
1940年、ユダヤ人難民にヴィザを発給。
外務省退任後、貿易会社の事務所長としてモスクワ勤務。カウナスでヴィザを発給したニシェリと再会。
ヘルシンキ
(フィンランド)
カウナス
(リトアニア)
モスクワ(ソ連)
ケーニヒスベルク
(ドイツ・東プロイセン)
プラハ
(チェコ)
日本から
ブカレスト(ルーマニア)
ブカレストに赴任後、捕虜となりゲンチャ捕虜収容所に送られる。1945年、収容所で終戦を迎え、日本へ帰国。
日本へ

Shogakukan Junior Bunko

★小学館ジュニア文庫★

杉原千畝 スギハラチウネ

2015年11月30日　初版第1刷発行

著者／日笠由紀
脚本／鎌田哲郎・松尾浩道

発行者／立川義剛
印刷・製本／中央精版印刷株式会社
デザイン／土屋哲人・川又紀子
資料編構成／岡崎信治郎
編集／伊藤 澄

発行所／株式会社　小学館
〒101-8001　東京都千代田区一ツ橋２－３－１
電話　編集　03-3230-5105
販売　03-5281-3555

Printed in Japan　ISBN 978-4-09-230849-7